Crispim
A cruz de chumbo

Crispim
A cruz de chumbo

AVI

Tradução
VALTER LELLIS SIQUEIRA

Revisão da tradução
MARINA APPENZELLER

Martins Fontes
São Paulo 2004

Esta obra foi publicada originalmente em inglês com o título
CRISPIN por Hyperion Books for Children, Estados Unidos e Canadá.
Edição publicada por acordo com Hyperion Books for Children.
Copyright © 2002 by Avi.
Copyright © 2004, Livraria Martins Fontes Editora Ltda.,
São Paulo, para a presente edição.

1ª edição
agosto de 2004

Tradução
VALTER LELLIS SIQUEIRA

Revisão da tradução
Marina Appenzeller
Acompanhamento editorial
Luzia Aparecida dos Santos
Revisões gráficas
Renato da Rocha Carlos
Ivani Aparecida Martins Cazarim
Dinarte Zorzanelli da Silva
Produção gráfica
Geraldo Alves
Paginação/Fotolitos
Studio 3 Desenvolvimento Editorial

Dados Internacionais de Catalogação na Publicação (CIP)
(Câmara Brasileira do Livro, SP, Brasil)

Avi, 1937- .
 Crispim : a cruz de chumbo / Avi ; tradução Valter Lellis Siqueira ; revisão da tradução Marina Appenzeller. – São Paulo : Martins Fontes, 2004.

 Título original: Crispin : the cross of lead.
 ISBN 85-336-2034-9

 1. Literatura infanto-juvenil I. Título.

04-5395 CDD-028.5

Índices para catálogo sistemático:
1. Literatura infanto-juvenil 028.5
2. Literatura juvenil 028.5

Todos os direitos desta edição para o Brasil reservados à
Livraria Martins Fontes Editora Ltda.
Rua Conselheiro Ramalho, 330 01325-000 São Paulo SP Brasil
Tel. (11) 3241.3677 Fax (11) 3105.6867
e-mail: info@martinsfontes.com.br http://www.martinsfontes.com.br

A Teofilo R. Ruiz

Inglaterra, a. d. 1377

"Do meio da vida surge a morte." Muitas vezes ouvi o padre de nossa aldeia proferir essas palavras. Contudo, também ouvi dizer que "do meio da morte surge a vida". Se isto é um enigma, minha vida também foi.

1. No dia seguinte ao da morte de minha mãe, o padre e eu envolvemos seu corpo numa mortalha cinzenta e o levamos para a igreja da aldeia. Nosso fardo não era pesado. Em vida, ela fora uma mulher miúda e de poucas forças. A morte reduziu-a ainda mais.

Ela chamava-se Asta.

Como nosso casebre ficava nos limites da aldeia, o padre e eu carregamos seus restos pela estrada estreita e esburacada que levava ao cemitério. Uma chuva insistente e sibilante transformava o chão em lama pegajosa. Nenhum passarinho cantava. Nenhum sino tocava. O sol escondia-se por trás das nuvens baixas.

Passamos pelos campos da aldeia, onde as pessoas trabalhavam em meio à chuva e à lama. Ninguém se ajoelhou. Todos se limitaram a olhar. Tal como haviam desprezado minha mãe em vida, agora a desprezavam na morte. Quanto a mim, como já acontecera muitas vezes, senti vergonha. Era como se eu carregasse dentro de mim um pecado inominável que me tornava desprezível aos olhos das pessoas.

Além do padre, minha mãe não tinha nenhum amigo. Com freqüência, ela era insultada pelos aldeões. Mas eu a achava uma mulher bonita, o que provavelmente todos os filhos acham de suas mães.

O sepultamento foi feito entre os outros túmulos de indigentes, no cemitério murado atrás da igreja. Foi lá que o padre e eu escavamos sua sepultura na terra encharcada. Não havia caixão. Nós a deitamos com os pés voltados para o leste, para que, no Dia do Juízo Final, ela pudesse, com a graça de Deus, erguer-se com o olhar voltado para Jerusalém.

Enquanto o padre recitava suas orações em latim, cujo significado eu desconhecia, ajoelhei-me ao lado dele e me dei conta de que Deus havia levado a única pessoa que realmente me pertencia. Mas Sua vontade tinha de ser cumprida.

Assim que cobrimos os restos mortais de minha mãe com a terra pesada, John Aycliffe, o administrador da mansão, apareceu junto ao muro do cemitério. Embora eu não o tivesse visto, ele provavelmente nos observara de cima de seu cavalo.

– Filho de Asta, venha cá – ele me disse.

Aproximei-me cabisbaixo.

– Olhe para mim – ele ordenou, obrigando-me a olhar para cima com um golpe seco de sua mão enluvada sob meu queixo.

Sempre me foi difícil encarar as pessoas. Olhar para John Aycliffe era mais difícil ainda. Ostentando uma barba negra, seu rosto – duro, de olhar penetrante e lábios desdenhosos –

sempre me parecia ameaçador. Quando ele se dignava a olhar em minha direção, só me oferecia desprezo. Para mim, passar perto dele significava um convite a seu desprezo, a seus chutes e, por vezes, a seus socos.

Ninguém jamais acusaria John Aycliffe de ser gentil. Na ausência de lorde Furnival, ele encarregava-se da mansão, da lei e dos camponeses. Ser apanhado em alguma pequena transgressão — faltar a um dia de trabalho, falar mal de sua administração, deixar de assistir à missa — significava uma punição implacável: o açoite, o corte de uma orelha, a prisão ou a amputação de uma das mãos. Por ter caçado um cervo ilegalmente, o filho de John, o cervejeiro, foi condenado à morte na forca. Como juiz, jurado e executor, Aycliffe só tinha de pronunciar a sentença, e a vida do acusado deixava de lhe pertencer. Todos vivíamos com medo dele.

Aycliffe me fitou por um bom tempo, como se procurasse alguma coisa. Mas tudo o que disse foi:

— Como sua mãe morreu, você está intimado a entregar seu boi na mansão amanhã. Ele vai servir-lhe para pagar o imposto de falecimento.

— Mas, senhor... — eu disse, pois minha fala saía devagar e desconjuntada — se eu entregá-lo, ... não... não vou poder trabalhar nos campos.

— Então, morra de fome — ele declarou, afastando-se em seu cavalo sem olhar para trás.

O padre Quinel sussurrou em meu ouvido:

— Venha até a igreja, filho de Asta. Vamos rezar.

Muito abalado, só balancei a cabeça.

– Deus vai protegê-lo – garantiu o padre, pousando a mão em meu ombro. – Como agora está protegendo sua mãe.

Suas palavras me deixaram ainda mais aflito. A morte, então, era a minha única esperança? Tentando escapar da opressão da tristeza em meu coração, corri em direção à floresta.

Mal consciente do chão sob meus pés ou da abóbada das árvores, não percebi para onde corria, nem que minha única roupa, uma túnica de lã cinzenta, se rasgava nos espinheiros e nas moitas. Tampouco me dei conta de que meus sapatos de couro, topando com raízes e pedras, me faziam tropeçar e cair. A cada queda, eu me levantava e continuava a correr, ofegando e chorando.

Fui penetrando cada vez mais na velha floresta, passando por fetos cerrados e por carvalhos imponentes, até tornar a tropeçar e cair outra vez. Desta vez quis Deus, em sua sabedoria, que eu batesse a cabeça em uma pedra.

Atordoado, fiquei deitado no chão, os dedos apertando as folhas em decomposição, enquanto uma chuva fria me encharcava. A noite caía, e fui encoberto pela escuridão mais intensa que uma noite poderia oferecer.

2. Bem depois das Completas, as últimas orações da noite, um som me despertou para um estado confuso de vigília.

Devido à escuridão total e com a cabeça latejando, eu não sabia onde estava. Apesar de não enxergar nada, pelo cheiro do ar, me dei conta de que não estava em casa. Tampouco estava nos campos onde muitas vezes o boi e eu dormíamos. Só depois que tornei a aspirar o ar espesso é que percebi os odores da floresta. A chuva havia parado, mas era como se a noite estivesse suando.

Então, numa explosão de lágrimas, lembrei-me da morte e do enterro de minha mãe, de minha fuga do cemitério e do padre, do meu mergulho na floresta. Também lembrei que havia tropeçado e caído.

Colocando a mão na testa, senti-a úmida e com uma crosta de sangue coagulado. Embora meu toque me provocasse uma contração dolorosa, a dor afastou o que restava do meu atordoamento. Percebi que estava na floresta e perdido. Minha túnica estava fria e molhada.

Erguendo a cabeça, olhei à minha volta. Por entre o emaranhado de árvores, vi uma luzinha brilhando. Intrigado, ajoelhei-me para ver melhor. Mas, ao redor da luz, tudo estava escuro e nevoento, em meio a um pesado silêncio de morte. Fiz apressadamente o sinal-da-cruz e murmurei algumas orações pedindo proteção a Deus.

As pessoas de bem não tinham nada a fazer fora de suas casas àquela hora. A noite era um abrigo para os bandidos, os lobos famintos, o Demônio e seus servidores. Então, eu me perguntava quem ou o que havia produzido o ruído que me fizera recobrar os sentidos.

Foi minha curiosidade – outro nome, como minha mãe muitas vezes dizia, para Satã – que me levou a querer ver o que estava brilhando ao longe. Apesar do medo da descoberta, rastejei pela floresta.

Quando atingi o ponto mais próximo da luz que minha audácia me permitia, ergui a cabeça e retesei as pernas, pronto para fugir se necessário.

Dois homens estavam de pé numa clareira. Um deles era John Aycliffe. Na mão, carregava uma tocha bruxuleante. Como sempre, uma espada pendia-lhe da cintura.

O segundo homem me era completamente estranho. Vestido como um fidalgo, seu rosto mostrava os sinais dos anos, e ele usava um capuz preso a uma capa fluida que lhe chegava até as pernas. O cabelo branco caía-lhe sobre os ombros. Sua túnica azul era longa, acolchoada e escura, com fíbulas douradas que brilhavam à luz da tocha.

Dentro do círculo de luz, também vi uma bela cabeça de cavalo. Deduzi que o animal pertencia ao estranho.

Os dois homens estavam conversando. Esforçando-me para ouvi-los e me esquecendo do perigo, ergui-me por trás das moitas em que me escondia.

Enquanto eu continuava observando, o estranho afastou a capa e exibiu uma bolsa. Dela, tirou um pergaminho dobrado e fechado com selos de cera vermelha e entregou-o a Aycliffe.

O administrador desdobrou o pergaminho, que era grande, com um corte ondulado no topo e recoberto pelo que parecia escrita. Três outros selos vermelhos e fitas pendiam do pé da página.

Passando a tocha para o estranho para que pudesse enxergar melhor, Aycliffe pegou o documento e lançou os olhos sobre ele.

– Pelo sangue de Cristo – ouvi-o exclamar enquanto se persignava. – Quando vai acontecer?

– Se Deus permitir, muito em breve – respondeu o estranho.

– E devo agir imediatamente? – perguntou Aycliffe ao homem.

– Você não é parente dela? – inquiriu o estranho. – Não percebe as conseqüências se não agir?

– É um grande perigo para todos nós.

– Exatamente. Algumas pessoas se darão conta e saberão agir de acordo. Você também vai estar em perigo.

Quando Aycliffe, com o cenho franzido, começou a dobrar o documento e se virou, deu comigo.

Nossos olhos se encontraram. Meu coração parou de bater.

– O filho de Asta! – gritou Aycliffe.

O estranho voltou-se depressa.

– Ali! – gritou o administrador, apontando-me. Atirando o documento para o lado, agarrou a tocha, empunhou a espada e começou a correr em minha direção.

Paralisado pelo medo, fiquei grudado onde estava. Só quando ele se aproximou é que consegui me virar e correr. Mas, assim que comecei a correr, fiquei preso em arbustos que me agarraram com seus espinhos. Embora me debatesse para me soltar, meu esforço foi inútil. Eu estava bem preso. Nesse meio tempo, Aycliffe se avizinhou, com uma expressão de ódio. Quando chegou perto de mim, ergueu a espada e desferiu um golpe.

Na pressa, o arco descendente da espada passou longe de mim, mas cortou os ramos do arbusto que me prendiam, e assim pude me safar antes que ele desferisse outro golpe.

Comecei a correr.

Aycliffe continuou a me perseguir, a espada e a tocha em riste. Ele teria me apanhado se, em meu pânico cego, eu não tivesse caído de um penhasco. Embora não fosse muito alto, fui pego de surpresa e lançado ao longe; caí de lado e rolei pela encosta de uma colina.

Em estado de choque e sem fôlego, tive presença de espírito suficiente para rolar e olhar para trás. Acima de mim – a uma certa distância –, vi a tocha de Aycliffe e seu rosto olhando para baixo.

Quando percebi que ele não fazia idéia de onde eu estava, não ousei me mexer. Só quando sua luz finalmente desapareceu é que me levantei e continuei a fugir.

Corri tanto quanto minhas forças e meu fôlego me permitiram e só parei quando minhas pernas fraquejaram. Então, atirei-me no chão, respirando com dificuldade.

Pelo resto da noite, pouco consegui descansar. Além do medo de ser descoberto e ficar à mercê da cólera do administrador, ainda me atormentava a dor pela morte de minha mãe. Eu também fugira do padre quando ele me disse para acompanhá-lo até a igreja. Além disso, havia desrespeitado o toque de recolher. E chegara a roubar vinho da igreja para aplacar as dores de minha mãe antes de ela morrer. Em suma, eu tinha certeza de que Deus estava me castigando.

Enquanto esperava por Seu próximo golpe, procurei obter, por meio de minhas orações mais sinceras, perdão pela minha vida de pecados.

3. Essa vida de pecados começara na Festa de São Gil, no Ano da Graça de 1363, o trigésimo sexto do reinado de Eduardo III, o grande rei guerreiro da Inglaterra. Morávamos na aldeia de Stromford, com suas cento e cinqüenta almas.

Desde que me lembro, minha mãe me chamava apenas de "filho", e, como o nome dela era Asta, fiquei conhecido como "o filho de Asta". Num mundo em que se vivia à luz da posição social e do nome de um pai, isso significava – já que eu não tinha pai – que eu vivia à sombra. Ele, como muitos outros, havia morrido antes de eu nascer, durante uma recorrência da Grande Mortandade (muitas vezes também chamada de Peste) – pelo menos foi o que minha mãe me contou. Ela raramente o mencionava.

Tampouco tornou a se casar, algo que eu nunca questionava. Seria difícil achar um homem que quisesse se casar com uma mulher tão frágil e pobre. Pois em todo o reino da Inglaterra não poderia haver dois cristãos mais pobres do que minha mãe e eu.

Eu tinha poucos amigos e ninguém em que confiasse totalmente. Como o "filho de Asta", eu era, com freqüência, alvo de piadas, zombarias e de uma implacável perseguição.

– Por que eles me insultam tanto? – certa vez perguntei ao padre Quinel durante uma de minhas confissões. Eu confessava muito, pois estava convencido de que havia um pecado entranhado em mim, um pecado do qual eu tentava desesperadamente me livrar.

– Seja paciente – aconselhou o padre. – Lembre-se de como Nosso Senhor Jesus Cristo foi insultado na cruz.

Eu me esforçava por aceitar minha vida, mas, ao contrário de Jesus, que era perfeito, eu era muito precavido e desconfiado, pois esperava o tempo todo ser vítima de agressão ou zombaria. Em suma, minha vida era a de um desprezado, para sempre posto à margem, mas observava com curiosidade como as outras pessoas viviam.

Minha mãe e eu pouco podíamos fazer quanto à nossa condição. Não éramos escravos. Mas tampouco éramos livres. O administrador John Aycliffe nunca perdia a oportunidade de nos lembrar que éramos vilões – ou servos –, sujeitos a lorde Furnival, senhor da aldeia de Stromford.

No entanto, esse lorde Furnival passava tanto tempo lutando na França ou como mercenário em várias guerras, que a maioria dos aldeões, inclusive eu, nunca o tinha visto.

Mas isso não tinha importância. Na primavera, no verão e no outono – com exceção de certos dias santos –, minha mãe e eu, como todos os aldeões de Stromford, trabalhávamos nos campos desde a manhã até a noite.

Quando o inverno chegava, alimentávamos os animais – tínhamos um boi e, de vez em quando, uma galinha –, apanhávamos lenha e gravetos para nos aquecer, dormíamos e tentávamos continuar vivos.

Numa época em que o filão de pão custava um quarto de centavo, o trabalho de minha mãe valia – segundo um decreto do rei Eduardo – um centavo por dia, e o meu, menos do que isso.

Nossa alimentação consistia em pão de cevada, cerveja aguada e, de vez em quando, algumas ervilhas secas cozidas. Quando a sorte nos sorria, conseguíamos um pouco de carne na época do Natal.

Assim, nossa vida nunca mudava, mas prosseguia, ao longo dos anos, sob a abóbada estrelada do céu distante. O tempo era a grande pedra de moinho que nos triturava como a grãos de trigo. A Santa Igreja ensinava-nos onde nos encontrávamos ao longo das alterações do dia, do ano e de nossa lida diária. Só o nascimento e a morte se destacavam em nossas vidas, quando fazíamos a viagem entre as trevas de onde viéramos para as trevas a que estávamos destinados para aguardar o Dia de Juízo. Então, o olhar terrível de Deus recairia sobre nós e nos alçaria à bem-aventurança do paraíso ou nos lançaria nas chamas eternas do inferno.

Essa era a vida que levávamos. Sem dúvida, era a vida que meus antepassados tinham conhecido, assim como a de todos os homens e mulheres desde a época de Adão. De todo meu coração, eu acreditava que continuaríamos a viver assim até que o arcanjo Gabriel anunciasse o fim dos tempos.

E, com a morte de minha mãe, era como se esse fim tivesse chegado.

4. Depois de escapar de John Aycliffe e passar a noite escondido na floresta, despertei com o dobre de um sino. O dia amanhecera, e a igreja de Stromford anunciava as Primas, as orações do início da manhã.

Fiz um sinal-da-cruz apressado, recitei minha oração diária e fiquei à escuta. Tudo o que consegui ouvir foi o som do sino e os murmúrios abafados da floresta – nada que pudesse me alarmar.

Contudo, já desperto, só conseguia pensar no que tinha visto na noite anterior, o encontro na floresta entre o administrador e o estranho. Tampouco conseguia apagar de minha memória o olhar raivoso do administrador quando desferiu a estocada com a clara intenção de me matar.

Mesmo assim, tentei me convencer de que não havia motivos para me preocupar. Aycliffe já tinha me tratado mal no passado. O fato de ele me atacar na noite anterior não constituía uma grande exceção. Eu me perguntava por que ele ficou preocupado com o fato de que eu, um joão-ninguém, tivesse presenciado seu encontro na floresta. Pareceu-me que a melhor coisa a fazer era voltar para casa e agir como se nada tivesse acontecido.

À luz da manhã, não foi difícil saber onde eu estava. Caminhei em direção à aldeia.

Como minha mãe fora uma agregada – alguém que não possuía terra de direito –, ela e eu vivíamos em um casebre de um quarto alugado à beira da aldeia, junto à cruz que indicava seu limite norte. Um telhado fino de colmo nos protegia quase totalmente da chuva. O chão era de terra batida. E, como a casa ficava a uma certa distância da aldeia, eu poderia ficar escondido dos que já haviam partido para o seu trabalho diário.

Estava quase saindo da floresta e prestes a correr para nosso casebre quando avistei Roger Kinsworthy, o bailio, e Odo

Langland, o magistrado. Eles portavam lanças e machados, e estavam se dirigindo para a minha habitação.

Assustado, recuei rapidamente e me escondi atrás de alguns arbustos para observar o que pretendiam, enquanto eles entravam na pequena edificação. Talvez estivessem procurando por mim, pois logo surgiram de volta. Mas, então, para minha grande surpresa, começaram a usar os instrumentos que carregavam para demolir a casa.

Como era uma construção frágil, e era pequeno, o casebre não resistiu ao assalto. Em poucos momentos, não passava de um monte de colmo, galhos e argila. Não contente com isso, Kinsworthy tirou um sílex da bolsa, produziu algumas faíscas e pôs fogo no lugar que eu chamara de meu lar durante treze anos.

Profundamente chocado, fugi para a floresta. Enquanto penetrava nela, perguntava-me por que haviam feito aquilo. Não conseguia acreditar que fora só porque eu tinha visto o administrador na floresta na noite anterior.

Uma vez no mato, decidi ir até uma pedra alta que ficava nos limites da floresta, de onde era possível avistar a aldeia. Embora fosse difícil escalá-la, eu já a havia escalado antes em meus passeios solitários. Minha esperança era ver algo que me ajudasse a entender o que estava acontecendo.

Contudo, só no meio da manhã – que reconheci pela posição do sol e pelo dobre do sino anunciando as Terças – consegui chegar à pedra.

Depois de me certificar de que estava sozinho, comecei a subir. Embora não fosse fácil escalá-la – em alguns pontos não passava de uma escarpa –, consegui chegar ao topo. Ali, tomei a precaução de me deitar. Só então ergui a cabeça e olhei para baixo.

Diante de mim – como uma tapeçaria desenrolada – estava todo o meu mundo, sob um céu tão azul quanto o manto de Nossa Senhora, contrastando com o verde da primavera que se espalhava, abundante, por todos os lados. Acima de mim, as andorinhas voavam rapidamente, livres como sempre são as aves.

A oeste serpenteava o rio Strom, brilhando como uma fita prateada sob o sol dourado. Nesse ponto, o rio era pouco profundo. Como a maioria das pessoas, eu não sabia nadar, mas, durante boa parte do ano, era possível atravessá-lo a vau. Acima e abaixo desse vau, dependendo da estação, ele era bastante profundo.

A alguns passos da margem do rio, do lado da aldeia, erguia-se uma cruz de pedra que demarcava o limite oeste de Stromford. Coberta de símbolos místicos, essa cruz foi erguida no local onde São Gil certa vez apareceu.

Ali, à margem do rio pouco elevada e alinhada por árvores, erguia-se a casa de nosso senhor – a mansão de lorde Furnival –, a moradia mais imponente que eu já vira. Era nela que o administrador morava havia muitos anos, na ausência do fidalgo.

Com paredes de pedra, dois andares e janelas pequenas, a mansão me parecia um castelo, alto, poderoso e impenetrável. Dentro – nunca me foi permitido entrar, mas me contaram – havia um salão abobadado com uma longa mesa sobre cavaletes e bancos, vários dormitórios e uma capela. Pendurados nas paredes havia quadros de santos e também velhos escudos de batalha. O andar inferior era um enorme depósito onde se armazenavam o trigo e outros alimentos produzidos pela aldeia.

Do lado aposto à mansão, do outro lado da estrada, ficava o moinho. Menor que a residência de lorde Furnival, foi construído com toras resistentes e tinha mós de pedra maciça. As mós eram movidas pela água do rio, que chegava a elas por uma calha.

Além de o moinho moer nosso trigo e nossa cevada – a um determinado custo –, também abrigava os fornos onde nós, os aldeões, por decreto do administrador, assávamos nosso pão, o que exigia outro pagamento.

Uma estrada ia da margem do rio ao moinho. Depois de atravessar o rio, uma estrada levava o viajante para o leste, até outra estrada que ia do norte para o sul. Na intersecção dessas estradas, nossa igreja de pedra, a de São Gil Junto ao Rio, erguia-se com seu velho campanário.

Acima e abaixo da igreja ficavam nossas habitações, cerca de quarenta casebres e choupanas caiados, feitos de galhos, colmo, madeira e barro, em vários tons de marrom.

Ao norte da aldeia ficavam as terras comuns, onde nós, camponeses, pastoreávamos nossos bois e nossas ovelhas. Ali também ficavam as áreas de treinamento de arco-e-flecha, onde os homens mais velhos deviam, segundo um decreto do rei Eduardo, se exercitar todos os domingos. Também era o local onde ficavam os armazéns públicos e as forcas.

A terra para o plantio era dividida em faixas longas e estreitas. Numa das três faixas plantava-se cevada; na outra, trigo.

A última faixa era de pousio, e nela se pastoreava o gado da mansão.

Quanto às duas estradas que passavam por Stromford, tudo o que eu sabia é que elas conduziam ao resto da Inglaterra, que eu desconhecia completamente. E eu supunha que, além da Inglaterra, ficava o resto do mundo: "A grande cristandade", como nosso padre a chamava. Mas em toda minha vida eu nunca fora além das cruzes que demarcavam os limites de nossa aldeia.

Tudo – a floresta, as casas, a mansão, o moinho, as estradas, as lavouras, as terras comuns, da igreja às pequenas hortas que ficavam nos fundos dos casebres, onde plantávamos ervas e raízes –, *tudo* pertencia a lorde Furnival.

Na verdade, o administrador dizia que *nós* também pertencíamos ao nosso senhor. Como todos os aldeões, tínhamos de pedir permissão ao administrador para não trabalharmos quando estávamos doentes, para moermos nosso trigo, para assarmos nosso pão, para comprarmos ou vendermos, para nos afastarmos de nossa paróquia, para nos casarmos e até para batizarmos nossos filhos.

Em compensação, ganhávamos duas coisas:

Quando morrêssemos, tínhamos a esperança de ir para o céu.

E lorde Furnival nos protegia dos escoceses, dos franceses, dos dinamarqueses e dos perversos infiéis.

Mas naquela manhã eu não tive nenhuma dúvida: nunca mais seria protegido por ninguém.

Ao meu olhar do alto da rocha, tudo parecia calmo e completamente normal. Os homens, as mulheres e as crianças estavam nos campos cumprindo suas obrigações, arando, arrancando ervas daninhas e semeando, e ali deveriam permanecer até o crepúsculo.

Mas, enquanto observava, vi dois cavalos com seus cavaleiros surgirem da mansão. Pela maneira como um deles cavalgava – não muito bem –, tive certeza de que se tratava de John Aycliffe, o administrador. Pareceu-me que o outro homem era o que eu tinha visto com ele na noite anterior.

Os dois trotaram lentamente até a igreja, desmontaram e entraram.

Aguardei.

O sino da igreja começou a soar. Não era o dobre lento e ritmado que anunciava as horas canônicas, mas um clamor estridente e urgente, um chamado para a comunicação de notícias importantes.

Nos campos, as pessoas interromperam seu trabalho e olharam ao redor. Em poucos minutos, começaram a caminhar em direção à igreja. Outros saíram dos casebres. Em pouco tempo, toda a aldeia estava congregada diante do pórtico da igreja. Depois de todos reunidos, o sino parou de tocar.

Três homens saíram da igreja. O primeiro a sair foi o administrador. Em seguida, o estranho. O último foi o padre Quinel, que reconheci porque andava curvado devido à idade.

O trio colocou-se diante das portas da igreja, e o administrador dirigiu-se brevemente à multidão. Em seguida, o estranho falou por mais tempo.

Por fim, foi a vez do padre Quinel. Então, acompanhado pelo administrador, pelo estranho e por todos os aldeões, voltou para dentro da igreja.

O sino da igreja tornou a dobrar, como se anunciasse uma missa. Mas para quem ou por que motivo, eu não conseguiria adivinhar.

Fiquei tentado a me aproximar. Mas minha apreensão – que aumentara muito com a destruição de minha casa – me deteve. No entanto, curvei minha cabeça em oração: "Ó grande e misericordioso Jesus, eu, que não tenho nome, que não sou nada, que não sei o que fazer, que estou sozinho neste mundo, eu, cheio de pecados, imploro tua ajuda, pois, caso contrário, estarei perdido."

6. Depois de um tempo, as pessoas começaram a sair da igreja. A maioria seguiu seu caminho; alguns voltaram para os campos, outros para suas casas. Outros, ainda, permaneceram em grupos, aparentemente mexericando. Quanto eu não daria para ouvir suas palavras!

No que diz respeito ao administrador e ao estranho, ambos tornaram a montar em seus cavalos e voltaram para a mansão. Alguns aldeões os acompanharam.

Mais uma vez eu tinha de decidir o que fazer. Pensei em ir até a aldeia para pedir ajuda, mas só havia uma pessoa em quem eu podia confiar: o padre Quinel. Minha mãe não confiava nele? Ele não foi o único da aldeia a me tratar com uma certa condescendência?

Enquanto eu decidia se iria falar com ele, vi o administrador e o bailio saírem da mansão, com alguns aldeões. Todos estavam armados com espadas – de longas lâminas afiadas – e de arcos. Só de vê-los, senti meus piores temores se transformarem em realidade: um clamor de vozes gritava meu nome.

Agarrando-me à pedra, observei o grupo de busca enquanto pude. Mas, quando a floresta os encobriu, achei que era hora de fugir. Minha visita ao padre teria de esperar até a noite.

7. Meu dia transcorreu num jogo de esconde-esconde. Embora eu estivesse sendo caçado em muitos lugares, os santos misericordiosos tiveram pena de mim. E não fui apanhado.

Os perseguidores chegaram a se aproximar bastante. Uma ou duas vezes, quase toquei em suas roupas quando passaram por mim. Numa dessas ocasiões, ouvi o suficiente para confirmar minhas piores suspeitas.

A coisa aconteceu assim: no final do dia, eu havia subido em um grande carvalho, cujas folhas espessas me escondiam completamente. Embaixo dele, dois homens que passavam, pararam.

Mateus era um homem corpulento e honesto, conhecido por sua habilidade de manejar a espada. Lucas era um homem baixinho e vigoroso, considerado o melhor arqueiro de Stromford. Os dois moravam perto do moinho.

Quando eles pararam debaixo da árvore onde eu estava escondido, ouvi Mateus dizer:

— Acho que não vamos encontrar o garoto. Ele já deve estar a léguas de distância daqui.

Então, balançando a cabeça, acrescentou:

— Existe uma espécie de força na loucura. Já vi isso antes. E o administrador disse que a loucura provocada pela morte da mãe fez com que o garoto entrasse na mansão para roubar o dinheiro dele.

Quando, do alto de meu esconderijo, ouvi aquelas palavras, mal pude acreditar: eu estava sendo acusado de um roubo que não praticara.

— É o que dizem — respondeu Lucas, embora, a meu ver, sem muita convicção.

Durante um certo tempo, os dois ficaram calados.

Então, num tom de voz baixo e cauteloso, Mateus perguntou:

— Você acredita nisso?

Segurei a respiração, enquanto Lucas se demorava para responder. Por fim disse:

— Se eu acho que o filho de Asta, um garoto de treze anos de idade, arisco como um frango novo, entrou na casa do administrador, arrombou a arca do dinheiro e fugiu para a floresta? Ah, Mateus, tenho certeza de que coisas incríveis acontecem neste mundo. Eu mesmo já vi algumas delas. Mas, não, pela verdadeira cruz, não acredito numa coisa dessas.

— Nem eu — disse Mateus, com mais convicção ainda. — Mas o administrador diz que é verdade.

— E isso põe um fim à história — acrescentou Lucas com um suspiro.

Então, começaram a falar com amargura das coisas que o administrador havia feito: como ele havia aumentado suas obrigações, aplicado incontáveis multas, recolhido muitos impostos, aumentado os castigos e, de um modo geral, limitado suas antigas liberdades ao agir como um tirano em nome de lorde Furnival.

Lucas cuspiu no chão e disse:

– Ele não é parente de lorde Furnival. Só da mulher dele.

Ao que Mateus acrescentou:

– Que Deus dê vida longa ao nosso senhor, para que ele venha nos visitar logo e possamos apresentar-lhe nossas reivindicações.

Os dois homens fizeram o sinal-da-cruz. Depois se afastaram.

Eu já ouvira aquela conversa antes, mas sempre cochichada. Era freqüente as pessoas se queixarem de suas vidas, dos impostos, do trabalho e do salário. Na verdade, falava-se tanto que o administrador – que deve ter ouvido – convocou um debate público e informou que aquela tagarelice ia contra a vontade de Deus, de nosso rei e de nosso senhor, o lorde Furnival. Que, dali por diante, ele trataria aquela conversa como traição, como um crime que merecia a forca.

Sabendo que essas coisas não podiam ser mudadas – apesar das palavras de homens como Mateus e Lucas –, dei pouca atenção a elas. Mas tomar conhecimento de que eu estava sendo acusado de um crime que não cometera só me deixava mais confuso com relação ao que estava acontecendo.

Passei o resto do dia escondido, sem sequer ousar – apesar da fome – sair em busca de comida. Acabei esperando até escurecer, bem depois das Vésperas, e optei por não me mexer até ouvir o sino da igreja anunciar as Completas, as últimas orações da noite. Ainda assim continuei escondido, com medo de ser visto.

Contudo, quando o dia realmente terminou, depois que soou o toque de recolher e tudo caiu num silêncio sepulcral, rastejei para fora de meu esconderijo.

A noite estava totalmente escura. Nuvens baixas escondiam a lua e as estrelas. O ar estava quase parado, embora malcheiroso devido aos dejetos dos animais e à madeira queimada. Não se via qualquer luz na aldeia, mas algumas brilhavam na mansão.

Foi só então que escapuli em direção à igreja, sozinho, inseguro e com muito medo.

8. O padre Quinel morava num quarto sem janelas nos fundos de nossa igreja de pedra. Embora eu não visse nenhuma luz sob a porta – uma das poucas de que nossa aldeia podia se orgulhar –, bati de leve.

– Quem está aí?

– Sou eu, padre Quinel. O filho de Asta.

Ouvi um som abafado lá dentro. A porta se abriu. O rosto pequeno e pálido do padre apareceu. Sua alva, que já fora branca e ia do pescoço aos pés, dava-lhe um ar fantasmagórico.

Alquebrado por seus muitos anos, o padre Quinel havia servido em Stromford durante toda sua vida. Agora ele era pequeno e encarquilhado, com seus cabelos brancos e ralos. Alguns diziam que era um filho indesejado do lorde Furnival anterior, que o encaminhou para a Igreja quando ainda era menino.

– Deus seja louvado! É você mesmo? – ele sussurrou.

– Sou eu mesmo, padre. E não roubei aquele dinheiro – acrescentei rapidamente.

Ele fez o sinal-da-cruz.

– Bendito seja Jesus que me permite ouvir isso. Não achava que fosse você o ladrão.

Puxando-me com sua mão ossuda e trêmula, disse:

– Entre depressa. Na igreja você estará mais seguro. Estão procurando-o por toda parte. Tenho um pouco de comida para você. Se alguém se aproximar, alegue a proteção de um lugar sagrado.

Ele levou-me para dentro da igreja. Era um edifício amplo; seria preciso um homem subir nos ombros de outro para alcançar o teto pontiagudo. Alguns diziam que a igreja era tão velha quanto o mundo, que tinha sido construída quando Nosso Senhor nasceu. Nem mesmo a comadre Peregrine – que era a pessoa mais velha da aldeia – sabia ao certo a idade da edificação.

A igreja abrigava um único espaço aberto, onde nós, os aldeões, ajoelhávamo-nos no chão para contemplar o nosso padre e o altar durante a missa. Lá em cima, mergulhado em sombras profundas, ficava o crucifixo entalhado com Jesus agonizante. Abaixo dele – sobre o altar – ardia a grande vela de sebo cuja chama perene e bruxuleante iluminava um pouco as paredes brancas de cal pintada. A pia onde nossos bebês eram batizados ficava em uma das laterais da igreja.

Duas imagens desbotadas enfeitavam as paredes: uma era de Nossa Senhora, com seus grandes olhos tristes e o Menino Jesus nos braços. A outra representava São Gil protegendo o cervo inocente dos caçadores, uma lembrança constante de como deveria ser a nossa fé. Como nasci em seu dia e ele era padroeiro da aldeia, eu o considerava o parente que nunca tivera. Quando não havia ninguém na igreja, eu ia até lá e rezava para ele. Eu gostaria de ser o cervo que ele protegia.

Perto do altar, o padre ajoelhou-se e eu o imitei. Ficamos ajoelhados um diante do outro.

– Fale baixo, disse ele. – Sempre há um Judas à espreita. Está com fome?

– Estou, padre – murmurei.

Ele tirou um pão de cevada de baixo da toalha rasgada do altar e me entregou.

– Eu esperava que você viesse – disse ele.

Peguei o pão e comecei a devorá-lo.

– Onde você estava? – o padre perguntou.

– Na floresta.

– Sabia que estavam procurando por você?

Assenti com a cabeça, pois minha boca estava cheia.

– Aycliffe afirma que você roubou o dinheiro da mansão.

– Padre – eu disse – nunca entrei lá em toda minha vida.

– Não duvido de você – garantiu o padre, pousando a mão suavemente sobre meu rosto para me acalmar. – A maioria das pessoas da aldeia tampouco acredita nessa acusação. Mas por que Aycliffe o acusou do roubo?

Contei ao padre o que acontecera depois que fugi do enterro de minha mãe – minha queda, o fato de eu ter presenciado o encontro na clareira e a tentativa de Aycliffe de me matar.

– Ele não mencionou nada disso – disse o padre.

– Mas é verdade.

– O que foi que o administrador leu? – perguntou o padre. – Ele tampouco mencionou isso.

– Não sei – respondi. Então perguntei: – Quem é o homem com quem ele se encontrou?

– Sir Ricardo du Brey – respondeu o padre. – Ele trouxe a notícia de que lorde Furnival, que Deus o proteja, voltou da guerra. Ele está doente e moribundo.

– O estranho disse que Aycliffe deveria agir imediatamente.

– Com relação a quê?

Dei de ombros para mostrar minha ignorância.

– Ele disse: "Você não é parente dela? Não percebe as conseqüências se não agir?" Ao que Aycliffe replicou: "É um grande perigo para todos nós." Então, o homem disse: "Exatamente. Haverá pessoas que se darão conta e saberão agir de acordo. Você também vai estar em perigo." Nada disso fez nenhum sentido para mim – eu disse.

O padre ponderou as palavras em silêncio.

– Padre – perguntei –, o que acontecerá se eu for apanhado?

O padre pôs a mão em meu ombro.

– O administrador – ele disse – o declarou cabeça-de-lobo.

– Um *cabeça-de-lobo*! – engasguei, horrorizado.

– Você sabe o que isso significa?

– Que... não sou considerado humano – balbuciei. – Que qualquer um pode... me matar. É por isso que eles derrubaram a nossa casa?

– Acho que sim.

– Mas... *por quê*?

O padre se afastou e imergiu em pensamentos. Examinei seu rosto à luz fraca. Ele parecia arrasado, como se toda a dor do mundo tivesse se abatido sobre sua alma.

– Padre – arrisquei –, isso tudo tem alguma coisa a ver com minha mãe?

Ele curvou a cabeça. Quando tornou a erguê-la, foi para me encarar.

– Filho de Asta, a menos que fuja, resta-lhe pouco tempo de vida.

– Mas como posso fugir? – perguntei. – Estou ligado à terra. Nunca me darão autorização para ir embora.

Ele suspirou, deu um passo à frente e tocou o meu rosto com o dorso de uma de suas mãos frágeis.

– Filho de Asta, ouça-me com muita atenção. Quando batizei você, dei-lhe o nome de... Crispim.

– Foi mesmo? – gritei.

– Tudo foi feito em segredo. Além disso, sua mãe implorou que nunca contasse a você ou a qualquer outra pessoa. Ela preferia chamá-lo só de "Filho".

– Mas... por quê? – perguntei.

Ele respirou profundo e disse:
— Ela chegou a lhe contar alguma coisa sobre seu pai?
Mais uma vez o padre me pegou de surpresa.
— Meu *pai*? Ele morreu antes de eu nascer! Durante a Grande Mortandade. Mas o que isso tem a ver com o meu nome? Ou com o que está acontecendo?
— Meu querido rapaz — disse o padre abatido —, imploro-lhe que vá para alguma aldeia ou cidade independente. Se ficar nela por um ano e um dia, conquistará sua liberdade.
— Liberdade? — perguntei. — O que isso tem a ver comigo?
— Você poderia viver como quisesse. Como... um fidalgo bem nascido... ou como um rei.
— Padre — repliquei, isso é impossível. Eu sou o que sou. Não conheço nada além de Stromford.
— Mesmo assim, você precisa ir embora. Existem muitas cidades: Cantuária, Great Wexly, Winchester. Até Londres.
— Como... como são esses lugares?
— Neles vivem muitas almas, muito mais do que aqui. Demais para serem contadas. Mas garanto-lhe que são cristãos.
— Padre — retorqui —, eu nem sei onde ficam essas cidades.
— Também não tenho certeza — ele admitiu. — Siga as estradas. Peça ajuda ao longo do caminho. Deus o guiará.
— Não existe outra saída?
— Você poderia encontrar uma abadia e oferecer-se à Igreja. Mas é uma decisão muito séria, e você não está preparado para tomá-la. De qualquer modo, não tem dinheiro para isso. Se eu tivesse, daria a você. Não, a coisa mais acertada para você é fugir.

— Há alguma coisa com relação a minha mãe que o senhor não está querendo me dizer, não é mesmo? – perguntei.

Ele não respondeu.

— Padre... – insisti –, Deus estava zangado com ela... e comigo?

Ele balançou a cabeça.

— Não cabe aos homens conhecer a vontade de Deus. O que sei é que você *precisa* fugir.

Frustrado, levantei-me, mas o padre me deteve.

— Seu caminho será longo e difícil – disse. – Se você conseguir ficar escondido na floresta mais um dia, arrumarei comida para sustentá-lo por um certo tempo. E talvez alguém conheça o melhor caminho.

— Como o senhor quiser.

— Sua obediência fala em seu favor. Volte amanhã à noite e venha preparado para partir. Encontre-me na casa da comadre Peregrine. Vou pedir-lhe que lhe dê algumas coisas para protegê-lo no caminho.

Preparei-me para sair.

— E – ele acrescentou, como se estivesse tomando uma decisão –, quando vier, vou contar-lhe sobre seu pai.

Virei-me.

— Por que o senhor não pode me contar agora?

— É melhor e mais seguro que você só saiba dessas coisas pouco antes de ir embora. Isso e a minha bênção é tudo o que posso lhe oferecer.

— Ele era um pecador? – perguntei. – Ele cometeu algum crime? Será que devo me envergonhar dele?

— Vou lhe contar tudo quando você chegar à casa da Peregrine. Só venha quando estiver bem escuro e cuidado para não ser visto.

Peguei sua mão, beijei-a e comecei a me afastar quando ele me puxou de volta mais uma vez.

— Você sabe ler?

— Tanto quanto minha mãe.

— Mas ela sabia.

— Padre, o senhor está muito enganado.

— E também sabia escrever.

Eu balancei a cabeça, espantado.

— Essas coisas que o senhor disse: um nome, ler, escrever, meu pai... Por que minha mãe me escondeu isso tudo?

O padre ficou em silêncio. Então, tirou do bolso a cruz de chumbo de minha mãe, aquela com que ela tantas vezes rezara e que estava em suas mãos quando morreu. Eu a tinha esquecido. Ele a ergueu.

— Era de sua mãe.

— Eu sei — respondi com tristeza.

— Você sabe o que há nela?

— Acho que alguma coisa escrita.

— Eu vi sua mãe escrever essas palavras.

Fitei-o incrédulo.

— Mas...

— Amanhã... — disse ele interrompendo-me e dobrando meus dedos sobre a cruz —, eu explico. Só se lembre de uma coisa: Deus dá um jeito para tudo. Agora vá — disse ele. — E fique bem escondido.

Muito frustrado, saí da igreja. Enquanto saía, tive a impressão de ver uma sombra se mexendo.

Preocupado com estar sendo observado, fiquei parado, quieto, e examinei o lugar onde tinha visto movimento. Mas nada se moveu, nem ouvi qualquer ruído.

Achando que tinha sido minha imaginação e, de qualquer modo, aborrecido demais para investigar, voltei para a floresta e mal consegui dormir.

Por que mentiram para me acusar? Como puderam me declarar cabeça-de-lobo?

Quanto a meu pai, por que minha mãe nada me contara sobre ele? E que coisa importante o padre Quinel poderia me contar sobre a relação dos dois?

Mas, acima de tudo, eu estava intrigado com as revelações do padre sobre minha mãe. Que ela me dera um nome... *Crispim*. Não parecia se tratar de *mim*. Se era verdade, por que ela o mantivera em segredo? E quanto a ela saber ler e escrever, com certeza isso não podia ser verdade. Mas, se fosse, por que ela teria escondido essa capacidade de mim? Na escuridão em que estava deitado, mantive sua cruz diante de meus olhos. É claro que não conseguia entender nada. Em todo caso, eu não sabia ler.

Se havia uma pessoa que eu achava que conhecia, de quem eu dependia e em quem confiava completamente, essa pessoa era minha mãe. Contudo, as coisas que o padre me contou me diziam que eu não a conhecia.

Eu nem sabia o que pensar. Mais próximo da verdade, estava num estado de tanta confusão que nem *queria* pensar. As coisas que o padre dissera faziam meu coração se sentir como uma cidade sitiada.

9.
De manhã bem cedo, tornei a subir na pedra para observar se meus perseguidores haviam começado sua caçada. Felizmente, não vi ninguém. Não confiando totalmente em meus olhos, passei o dia numa expectativa ansiosa, observando, cochilando, procurando bolotas e amoras para comer.

Às vezes rezava para que Deus me orientasse, como fazia minha mãe, segurando sua pequena cruz entre minhas mãos. De vez em quando, eu dizia o nome *Crispim* em voz alta. Mais parecia um traje novo que substituía uma roupa velha: desejado, mas que ainda não é confortável.

Tentei adivinhar o que o padre iria me dizer sobre meu pai. Na verdade, eu temia pelo pior: que ele fosse um fora-da-lei, talvez um traidor ou alguém que tivesse sido expulso da Igreja, uma pessoa que me faria ter mais vergonha de mim mesmo do que eu já tinha. Cheguei a pensar se não fora por *isso* que eu me tornara um cabeça-de-lobo: porque meu pai já tinha sido um.

Mas o que não me saía nem um instante da cabeça eram as revelações do padre sobre a minha mãe.

Embora o dia parecesse interminável, por fim a noite chegou. Quando escureceu completamente, caminhei em direção da aldeia e da igreja. Apesar de contrariado, eu estava decidido a fazer o que o padre me indicara.

O céu estava claro. Uma lua delgada pairava no céu. Nada me deteve ao longo do caminho. Mas, assim que me aproximei da igreja, uma figura surgiu diante de mim. Parei, com o coração aos saltos.

— É o filho de Asta? — perguntou uma voz num sussurro.

Com medo de responder, fiquei em silêncio.

— Sou eu, Cerdic — disse a voz. Cerdic era um garoto da aldeia um pouco mais velho do que eu.

Cheio de suspeitas, perguntei:

— O que você quer?

— Foi o padre Quinel quem me mandou — disse ele. — Devo lhe dizer que ele não pode encontrar com você.

— *Não pode encontrar comigo?* — gritei.

— Ele disse que você deve me acompanhar.

— Mas... onde está ele? — perguntei.

— Eu... também não sei — gaguejou Cerdic.

Eu olhei para a escuridão.

— Para onde devo ir com você?

— Para a estrada que vai para o oeste — disse Cerdic. — O padre Quinel disse que é o caminho mais seguro a seguir.

— Mas ele me disse que eu deveria ir à casa da comadre Peregrine — protestei. — Para encontrá-lo lá.

— Eu já lhe disse que ele não pode.

Sem saber se devia confiar no garoto, mas também sem saber o que fazer, fiquei parado onde estava.

Cerdic deu alguns passos à frente.

— Você vem ou não vem?

— Preciso fazer o que ele mandou — eu disse, partindo em direção ao casebre de Peregrine.

Cerdic seguiu-me.

Além de ser a pessoa mais velha de nossa aldeia, Peregrine fazia as vezes de curandeira, parteira e manipuladora da magia ancestral, graças à sua sabedoria especial. Era a feiticeira da aldeia, uma mulher minúscula e curvada, com uma marca vermelha sombria na face direita e pêlos eriçados no queixo. Sem dúvida fora ela que havia me trazido a este mundo. Como os outros, eu sentia medo e fascínio por ela.

O casebre da velha, como a maioria das residências de Stromford, fora construído com algumas vigas. Tinha o telhado de colmo e paredes de pau-a-pique. Depois da única entrada, que não tinha porta, a cabana se dividia. De um lado, que também servia de depósito, ficavam os animais — uma vaca, porcos, um ganso. O outro lado era seu lar.

Entrei no casebre cheio de maus pressentimentos. Uma fogueira no chão, que brilhava de onde Peregrine morava, era única iluminação do local. A fumaça adensava o ar, fazendo as ervas que pendiam das vigas do teto parecerem carcaças balançando. Sobre o fogo havia um caldeirão de três pés em que alguma coisa estava cozinhando. O cheiro de comida me deu água na boca.

— Quem está aí? — perguntou Peregrine através da fumaça, com sua voz rouca, que saía de uma boca de dentes quebrados.

— Sou eu. O filho de Asta.

– É o padre que está com você?

– É o Cerdic.

– Onde está o padre? Eu o estava esperando.

– Ele me disse que não podia vir – disse Cerdic, que se colocara bem atrás de mim.

Ela olhou o garoto através da fumaça.

– Ele disse por que não viria?

– Não.

– Deve ter acontecido alguma coisa – sussurrou ela, enquanto me encarava. Seu cheiro fétido era forte, e eu me lembrei da marca em seu rosto.

– Você está pronto para partir? – ela perguntou.

– O padre disse que eu deveria partir.

– Deve mesmo. Você está sendo perseguido por muita gente. O administrador ofereceu vinte xelins de recompensa por você.

– Vinte xelins! – gritei. A soma equivalia à metade dos rendimentos de um ano. Ninguém na aldeia tinha tanto dinheiro. – Por que ele ofereceria tanto?

– Ele quer você morto – respondeu Peregrine.

– Você sabe onde o administrador vai me procurar? – perguntei, muito assustado.

Cerdic respondeu:

– O bailio disse para as pessoas que pretende seguir pela estrada norte.

– Então é melhor você ir para o sul – aconselhou-me Peregrine.

– Existem aldeias ou cidades por lá? – perguntei.

— Não sei – retorquiu a velha. – Agora, chegue mais perto – ordenou. – O padre me pediu que eu lhe desse proteção. Faço isto por ele, filho de Asta, não por você.

Aproximei-me da mulher com relutância. Ela estendeu o braço e pendurou no meu pescoço uma corrente da qual pendia uma bolsinha de couro. Então recitou algumas palavras que não entendi.

— Coma isto antes de partir – disse ela, empurrando-me uma tigela de mingau.

Depois de colocar a cruz de chumbo dentro da bolsinha de couro, comecei a comer o mingau com os dedos. Quando terminei, devolvi a tigela.

— E aqui está um pouco de pão – disse-me a velha, entregando-me uma sacola. – Não vai dar para muito tempo, mas para o começo, dá.

Assim que peguei a sacola, a velha agarrou meu braço com sua mão minúscula, arrastou-me até a saída e me pôs para fora.

— Vá com Deus, filho de Asta.

Ela também queria me ver longe.

10. — Não vá para o sul – aconselhou-me Cerdic assim que saímos e ficamos sozinhos.

— Por que não? – perguntei, tentando afastar minha preocupação.

— Eu já lhe disse: o administrador vai procurá-lo ao norte. Por que ele revelaria isso se quisesse manter seu trajeto em segredo? Acho que ele *quer* que você vá para o sul. Parta numa direção diferente.

— Mas qual? — perguntei.
— Se o administrador diz que vai procurar ao norte, vá na direção que ele menos espera: para o oeste. Foi o que o padre Quinel disse para você fazer.
— Mas este caminho me levará até a mansão — repliquei.
— O último lugar em que alguém pensaria em procurar você.
Embora não tivesse certeza se devia confiar em Cerdic, suas palavras faziam sentido. Mas eu disse:
— Antes quero passar pela igreja. Talvez o padre Quinel esteja lá.
— É melhor você se apressar.
Atravessei a aldeia com Cerdic a meu lado. Por uma questão de segurança, mantive-me afastado da estrada, dando a volta por trás das casas e avançando em silêncio pelas vielas dos fundos.
Ao chegar à igreja, bati à porta do quarto do padre. Como ninguém respondesse, fui até a igreja. Tampouco havia alguém por lá.
Cerdic deve ter adivinhado meus pensamentos:
— Talvez ele esteja esperando do outro lado do rio. Talvez seja por isso que ele disse para você ir nessa direção.
Agarrando-me a essa esperança, dei meia-volta e avancei pela estrada em direção ao oeste. Cerdic continuava a meu lado. Logo a mansão de lorde Furnival surgiu diante de nós. Através de uma janela brilhava uma luz sobre a estrada que passava diante dela. A luz iluminava a cruz que demarcava os limites da aldeia, e era possível ver o moinho do lado oposto da mansão. Avistar a cruz deixou-me bastante emocionado. Ela significava que eu estava mesmo indo embora. Eu hesitava.

– É a única saída – disse Cerdic, fazendo o sinal-da-cruz.

Perscrutei a escuridão, não vendo ninguém, mas rezando para que o padre Quinel estivesse me esperando do outro lado do rio.

– Continue andando – disse Cerdic.

Mal tinha avançado alguns passos, quando ouvi um som ritmado, como se alguém estivesse tocando um tambor, atrás de mim. Assustado, parei e abriguei-me na escuridão.

Ainda não se conseguia ver nada, mas o tambor continuava a soar. Então percebi que Cerdic estava se afastando de mim. Tornei a virar o rosto em direção à cruz. Desta vez, vi formas indistintas erguendo-se da margem da estrada. Eram quatro homens. Eles atravessaram a estrada, bloqueando meu caminho.

– Cerdic! – chamei.

Como não obtive nenhuma resposta, olhei para os lados. Ele tinha desaparecido.

Recuei e então vi que dois dos homens estavam armados com punhais. Nas mãos dos outros, vislumbrei o brilho de uma espada.

Virei-me para ver se conseguiria bater em retirada, mas vi que outros quatro homens se aproximavam por trás de mim.

Eu havia caído em uma armadilha.

11.

– Filho de Asta – disse a voz de Aycliffe –, em nome de lorde Furnival, você é acusado de roubo. Entregue-se.

Eu estava assustado demais para me mexer.

– O garoto é um cabeça-de-lobo! – gritou o administrador. – Matem-no se conseguirem. Dos dois lados, os homens precipitaram-se em minha direção.

Corri na única direção que me restava: para o moinho. Ao alcançá-lo, senti suas paredes externas com as mãos. Ao encontrar uma saliência, suspendi-me na esperança de escalar a parede e me esconder. Mas, então, algo estalou a um palmo de minha cabeça. Torcendo-me para o lado, vi uma flecha encravada nas vigas do moinho.

Apavorado, soltei a saliência e caí no chão. Por um instante, fiquei agachado, tentando recuperar o fôlego e o raciocínio. Quando ouvi os homens se aproximando, pulei e corri para trás do moinho.

Aycliffe incitava seus homens a prosseguir.

– Corram! Ele está atrás do moinho. Peguem-no. Ele não pode escapar.

Atrás do moinho estava completamente escuro. Por mais que me esforçasse, não conseguia enxergar nada. Como era de se esperar, meus pés logo escorregaram sob meu corpo e eu caí na água.

Tentando respirar, debati-me até que meus pés tocaram o fundo. A água chegava até meu peito. Eu tinha caído no canal do moinho, a vala pela qual a água do rio corria para movimentar as rodas do moinho.

Sabendo que não corria o risco de me afogar, parei para respirar e tentar escutar alguma coisa.

No escuro, ouvi o administrador gritando sem parar enquanto os outros homens andavam aos tropeções, tentando descobrir onde eu estava.

Decidi seguir pelo canal do moinho e avancei pela água, sabendo que acabaria chegando ao rio. Quanto mais eu andava, mais diminuía o tumulto atrás de mim. Mesmo assim, não tive dúvidas de que eles continuavam a me procurar.

A pressão da água aumentou. Parei, procurei a borda do canal e tentei sair dali, rolando na margem e me agarrando ao chão.

Dava para ouvir o rio correndo diante de mim. Rastejei para a frente, descendo uma encosta suave até que tornei a sentir água em minha mão. Era o rio.

Como eu não sabia nadar e desconhecia a profundidade do rio naquele ponto, agarrei-me à margem, sem coragem de atravessá-lo.

Espiei as luzes rio acima. Pareciam tochas. Os homens estavam procurando perto do vau, achando que eu cruzaria o rio naquele ponto. Eu tinha que atravessar de onde estava ou encontrar outro caminho.

Com medo do rio, preferi voltar ao canal do moinho. Esgueirei-me para dentro da água, atravessei o canal e alcancei a outra margem. Uma vez em terra firme comecei a correr.

Atravessei os casebres e os campos recém-lavrados até chegar à estrada.

Sem parar, continuei correndo.

À luz do luar, precipitei-me para a extremidade sul de Stromford, onde outra cruz demarcava esse limite.

Foi quando me ajoelhei para rezar que vi um vulto deitado no chão. Demorei alguns minutos para perceber que se tratava de uma pessoa.

Meu primeiro pensamento foi que se tratava de um de meus perseguidores adormecido. Porém, como a pessoa não se mexia, aproximei-me dela, embora timidamente.

Era o padre Quinel. Ele estava imóvel.

– Padre? – chamei baixinho.

Ele não respondeu.

Ajoelhei-me, estendi a mão e toquei nele de leve.

– Padre? – chamei de novo.

Ele não se mexeu.

Aproximei-me e vi que sua garganta havia sido cortada. O sangue, enegrecido pela noite, espalhava-se pelo chão.

Sufocando um grito, ajoelhei-me, o corpo todo tremendo. Aterrorizado, recitei uma prece curta e desesperada a São Gil, implorando por sua bênção para o padre e para mim. Feito isso, fugi correndo.

Eu tinha certeza de que Deus tinha me abandonado completamente.

12. Às vezes eu corria, às vezes só conseguia andar. Tudo o que sabia é que, se o administrador me alcançasse – ele estava a cavalo –, eu não sobreviveria por muito tempo.

A cada passo que dava e todas as vezes que olhava para trás, meus olhos enchiam-se de lágrimas de tristeza. Eu não tinha dúvida de que a morte do padre Quinel tinha a ver com minha mãe e comigo. Perguntava-me se era porque o padre estava me ajudando ou se era porque ele estava prestes a me falar de meu pai ou a me contar mais alguma coisa sobre minha mãe.

Obrigava-me a prosseguir, mantendo-me na estrada, embora chamar de *estrada* o caminho lamacento que eu tomara fosse um exagero gritante. Apesar de acidentado e enlameado, além de muito estreito, era o que eu escolhera seguir.

Estava nele fazia pouco tempo quando percebi que havia perdido o saco de comida que a comadre Peregrine me havia dado. Parei e até pensei em voltar para procurá-lo, mas sabia que seria loucura. Eu teria que encontrar comida enquanto avançava.

Levei a mão ao pescoço. A bolsinha que a velha me havia dado – com a cruz de chumbo dentro – continuava lá. Grato por, pelo menos, não ter perdido o amuleto, continuei a caminhar.

A princípio a estrada me levou para o campo aberto, mas logo me conduziu a uma floresta, cujo denso emaranhado de árvores não deixava nem o luar nem o brilho das estrelas penetrarem. Depois de avançar mais um pouco, parei, exausto demais para prosseguir. Atirei-me ao chão, apoiando as costas numa árvore.

Embora extenuado pela fuga, pelo fato de ter escapado por pouco, para não mencionar minhas emoções intensas, não conseguia descansar. Continuava pensando em tudo o que havia acontecido, tentando entender o significado de tudo aquilo e por que eu havia me tornado um cabeça-de-lobo. Quanto ao que *aconteceria*, pouca coisa me ocorria além de uma sepultura sem lápide, isso se eu tivesse a sorte de ser enterrado. Além do mais, eu sabia que, se morresse sozinho, sem a bênção dos ritos sagrados, iria diretamente para o inferno, e meus tormentos se prolongariam para sempre.

Incapaz de pegar no sono, sentei-me em meio à escuridão total, sobressaltando-me com qualquer sussurro ou estalo que ouvia. Então, o vento começou a gemer, fazendo os galhos se agitarem, as árvores rangerem e baterem umas contra as outras. Esses sons eram entrecortados pelo pio da coruja, a ave do demônio. Muito piores eram os silêncios súbitos que sugeriam que *alguma coisa* estava à minha espreita.

Por fim, caí de joelhos e rezei longa e intensamente para Nosso Senhor Jesus Cristo, sua Santa Mãe Maria e, acima de tudo, para o meu abençoado São Gil, pedindo misericórdia, orientação, conforto e proteção.

Após me entregar assim às mãos misericordiosas de Deus, senti um certo alívio, suficiente para fazer com que eu mergulhasse num sono irregular, incerto quanto ao que o dia seguinte me ofereceria.

13.

Na manhã seguinte, acordei com o galope de cavalos. Muito alarmado, apertei-me contra o chão e só ergui a cabeça o suficiente para enxergar a estrada. Era John Aycliffe, o administrador e o homem que eu tinha visto com ele na floresta. O bailio também estava com eles. Os três passaram a galope e logo se afastaram.

– Obrigado, São Gil – sussurrei –, por me proteger.

Todo suado de medo, deitei-me de costas e olhei para os galhos acima de mim. Caía uma chuva fria. A luz era pálida.

Com as pernas rígidas, gelado até os ossos, sem conseguir pensar em nada, virei-me de lado. Enquanto me virava, um animalzinho escondeu-se nos arbustos. Ah, como eu gostaria de ser aquela criatura, pequena o suficiente para se esconder tão bem.

Ainda deitado, lembrei-me da bolsinha que a comadre Peregrine havia pendurado em meu pescoço. Num ímpeto de esperança, sentei-me e despejei seu conteúdo em minha mão. Para minha decepção, só continha três sementes, uma de trigo, uma de cevada e uma de aveia – além da cruz de chumbo de minha mãe.

Bastante desapontado, joguei as sementes longe, mas decidi conservar a cruz na bolsinha como uma espécie de ligação solitária com o meu passado.

Se eu tinha esperança de continuar vivo, sabia que não podia voltar a Stromford. Contudo, meu medo da estrada à minha frente também era horrível. E se o administrador me visse? E, além disso, lembrando-me da descrição do padre Quinel das aldeias e das cidades, sentia-me pouco estimulado a prosseguir.

Eu, que já havia me afastado de minha casa como nunca fizera antes; eu, cuja vida havia se transformado tão rapidamente; eu, que nunca tinha tomado nenhuma decisão importante a respeito de *nada*, agora tinha de decidir tudo por mim mesmo. O resultado foi que fiquei parado onde estava. Na verdade, eu tinha medo de me afastar muito da estrada, pois temia perder o fio lamacento que me ligava à única vida que eu conhecia. De fato, não conseguia pensar em outra coisa.

Assim, durante os dois dias que se seguiram, permaneci na floresta, só me afastando um pouco de vez em quando para procurar comida. Tudo o que eu encontrava eram bolotas e raízes amargas.

Abatido, passava o tempo numa tristeza opressora e desnorteada, consumido, alternadamente, pelo medo e pelo desejo de ser apanhado. Se fosse apanhado, pelo menos minha desgraça acabaria.

Na tarde do segundo dia, vi o bailio novamente na estrada. Pareceu-me que ele estava sozinho, voltando para Stromford.

Embora um tanto mais confiante, fiquei imaginando onde estaria o administrador. Não conseguia deixar de pensar que ele estaria esperando por mim adiante.

Mas, depois que o bailio passou, tornei a pensar em meu objetivo: eu precisava me afastar de Stromford e ir para uma cidade, grande ou pequena, que fosse independente. Foi o que o padre Quinel me havia dito para fazer.

Esses pensamentos obrigaram-me a voltar para a estrada e a permanecer nela. Às vezes eu tropeçava. Às vezes sentava-me à margem, com a cabeça entre meus braços cruzados, à espera de não sei o quê. Mas, de novo, impulsionado pela necessidade de agir, de me mexer, de fazer *alguma coisa*, eu prosseguia.

No final desse dia, consumido pelo medo, sentindo-me muito só e faminto, caí de joelhos e rezei de todo o meu coração, as palavras entrecortadas por soluços. Nessa prece, reconheci minha grande indignidade diante do Senhor Jesus e sondei meu coração em busca de todos os pecados que pudesse confessar. Desta vez, implorei a Jesus que me levasse para junto de minha mãe no céu. A verdade era que – e como eu me envergonhava disso – eu não queria mais continuar a viver; o que sabia ser um pecado.

14. No terceiro dia de minha fuga, despertei no meio do novelo de lã de uma manhã nublada e cinzenta. O ar denso e úmido abraçava-me como os dedos de um sapo repulsivo. Os sons eram abafados. As formas sólidas eram macias como feno decomposto. O sol não adornava o céu. Todo o meu mundo havia-se reduzido às margens erodidas da estrada encharcada. Eu caminhava solitário como Adão antes da criação de Eva.

Enquanto eu avançava em meio à neblina infinita, meus pés molhados chafurdando no solo encharcado, a estrada começou a descer. De repente, vi surgir como que um homem flutuando no ar. Com o coração disparado, parei e olhei para a frente.

Seria mesmo um homem? Meu primeiro pensamento foi de que se tratava do administrador. Ou seria um fantasma? Talvez um demônio? Ou um anjo vindo do céu para me levar à suave segurança do abraço de Deus?

Então, com alívio no coração, descobri o que era: uma pessoa morta pendurada na forca em uma encruzilhada.

Aproximei-me dela.

Era um homem – ou, pelo menos, havia sido. Seu rosto agora era de um verde macilento e estava bastante deformado, com uma língua comprida e azulada que lhe chegava ao queixo. Um dos olhos saltava grotescamente da órbita. O outro havia desaparecido. As feridas abertas de seu corpo pingavam. As pernas e os braços inchados balançavam desconjuntados. Os pés descalços apontavam para baixo, com dedos enroscados neles mesmos como os de uma galinha. Sua roupa não passava de trapos imundos. Pousados em seu ombro esquerdo, alguns corvos banqueteavam-se com sua carne em decomposição. Cheirava a morte.

Uma flecha afixava-lhe uma tabuleta escrita. Como eu não sabia ler, não tinha idéia do que dizia.

Aterrorizado, caí de joelhos e fiz o sinal-da-cruz. Talvez alguns fora-da-lei perambulassem por ali. Então, pensei que talvez se tratasse de um ladrão que encontrara seu fim merecido. Tentei imaginar as coisas horríveis que ele teria feito para merecer aquele destino. Apavorado, ocorreu-me que Deus tinha colocado aquele homem diante de mim como aviso. Meu pensamento seguinte foi de que talvez eu já *estivesse* morto. Estaria diante dos portões do inferno.

Não sei quanto tempo fiquei contemplando o cadáver. Mas, enquanto estava ajoelhado, a neblina pareceu envolver o meu corpo como uma mortalha pegajosa, prestes a me arrastar para baixo.

Então, com tanta certeza quanto a de que Jesus é o meu Salvador, senti que eu não queria morrer, mas *viver*.

Não sei explicar como cheguei a essa conclusão, exceto porque não queria me tornar o homem em decomposição pendurado diante de mim, consumido pelas aves de rapina.

Sabendo como são maravilhosas as obras de Deus, achei que talvez Ele – em sua terrível misericórdia – estivesse falando comigo através daquela visão pavorosa. Pois eu sabia que, a partir daquele momento, estava resolvido a permanecer vivo.

Mas por qual das estradas eu deveria seguir? Rumo ao norte, ao sul, ao leste ou oeste?

– Por favor, meu Deus – gritei, com os olhos transbordando lágrimas quentes –, escolha um caminho para mim.

Acabei por seguir o caminho do sol nublado que me observava do céu cinzento como o olho sem expressão e solitário do morto.

15.

Caminhei o dia inteiro. Nada bloqueava o meu caminho. A neblina se dissipara. O ar ficara leve. Mas eu ainda não via ninguém, nem muito ao longe. De vez em quando, encontrava alguns regatos para aplacar minha sede, mas não muito para comer.

Às vezes eu caminhava pelo meio de florestas. Com maior freqüência, passava por campos abandonados. Embora visse muitas aves e também as ouvisse – pombos selvagens, cucos, melros –, eu me perguntava se não havia almas humanas na Inglaterra. Será que eu não encontraria vida ou comida em nenhum lugar?

Mais de uma vez, lembrei-me dos tempos em que minha mãe e eu ficávamos sem comida. Se conseguimos sobreviver a esses tempos, então agora eu também sobreviveria.

Na tarde do dia seguinte, ainda caminhando para oeste e enquanto subia uma colina, vi à minha frente o que me pareceu ser uma aldeia em um vale. Era um agrupamento de casebres e, erguendo-se acima deles, uma igreja de pedra. À primeira vista, pareceu-me que o lugar tinha menos casas que a minha Stromford.

Parei, e meu coração disparou. Talvez este fosse o lugar para onde Deus me havia conduzido, onde eu conquistaria minha liberdade, onde as pessoas me tratariam com delicadeza. E onde haveria comida para mim.

No entanto, à medida que me aproximava, comecei a achar que havia alguma coisa errada. Não havia fumaça no ar, nem pessoas, ovelhas ou vacas. Não se via um único ser vivo, nem um mísero galo, ganso, cachorro ou porco. Tampouco havia cheiros ou estrume. Os campos por onde eu passara havia muito não eram arados.

Quando cheguei mais perto, vi que tudo estava em ruínas. Os telhados haviam desabado. As paredes, ruído. As carroças e as rodas estavam quebradas. Ferramentas espalhavam-se pelo chão. Os telhados de colmo que haviam sobrado estavam reduzidos a tiras, cheios de grandes buracos. O reboque das casas havia caído, e as paredes nuas estavam expostas. Os galhos usados no pau-a-pique separavam-se uns dos outros. No meio da aldeia, vi um poço em cuja superfície a água se revelava espessa e coberta por uma espuma coagulada.

Minha pele ficou toda arrepiada. Acontecera algo lúgubre. Lembrei-me de meu pensamento soturno de que eu havia chegado ao inferno.

Aos poucos, porém, comecei a entender com o que eu havia deparado: eram os restos de uma aldeia assolada pela peste negra alguns anos antes.

Em Stromford falou-se muito dessa peste devastadora, "a grande mortandade", como era chamada. Nossa aldeia perdera mais da metade de seus habitantes: alguns morreram, e outros fugiram desesperados. Ela provocara a morte de meu pai.

A causa do flagelo era bem conhecida: Deus a enviara para nos punir por nossos pecados. Tudo o que se podia fazer era rezar para Jesus e fugir – e, mesmo assim, não havia escapatória. Como o padre Quinel sempre me lembrava, Deus, em Sua suave misericórdia e em Sua cólera implacável, toca qualquer pessoa que desejar. Ninguém escapa de Sua ira.

Ali, ninguém parecia ter sobrevivido. O profundo silêncio que tudo abraçava era seu sermão triste e solitário.

No entanto, desesperado por encontrar um pouco de comida – ainda que fosse só um pedacinho –, perambulei pelo que havia sobrado, com medo de que meus passos pudessem despertar os espíritos inquietos. Para me proteger, agarrei minha cruz de chumbo.

Em busca de comida, entrei numa das melhores construções, um casebre vazio com metade de um telhado. Algumas das paredes ainda estavam de pé. Num canto em ruínas, estava sentado um esqueleto de ossos escuros. Em suas costelas abertas havia trapos. Cabelos outrora loiros pendiam do crânio sem pele. Suas mãos descarnadas seguravam uma pequena cruz.

Fiz o sinal-da-cruz, sentindo o coração disparar, e me retirei; corri pela aldeia com o único desejo de fugir dali.

Mas, quando passava pela igreja em ruínas, ouvi uma voz solitária que cantava:

"Ah, meu Deus, por que
Todas as coisas se desgastam e se consomem?"

16. Assustado, parei. Fiquei com medo. Depois do que eu havia presenciado na aldeia, não conseguia acreditar que estivesse ouvindo a voz de uma pessoa *viva*. Mas, quando a voz cantou outra vez – e eu percebi que ela vinha da igreja abandonada –, disse a mim mesmo que era improvável que a igreja servisse de morada para espíritos demoníacos. Além disso, a comida comandava os meus pensamentos e acalentei a esperança desesperada de talvez ter encontrado um sobrevivente.

Tentando não fazer nenhum ruído e apertando minha cruz de chumbo, percorri um dos lados de fora da igreja, onde antes houvera janelas e agora só havia buracos. Enquanto me aproximava, a voz tornou a cantar. Desta vez, foi acompanhada pela batida de algo que parecia um tambor.

"Ah, meu Deus, por que
Todas as coisas se desgastam e se consomem?"
Com cautela, espiei.

A princípio, só vi cascalho e destroços. Então, parcialmente encoberto pelas sombras, avistei um homem que não era um esqueleto. Pelo contrário, era uma montanha de carne, parecia um barril, os braços e as pernas grossos como troncos de árvore, a barriga protuberante. As pernas esticadas, estava sentado com as costas apoiadas numa pia batismal despedaçada. Nunca vira um homem vestido daquela forma. Na cabeça, usava um chapéu que parecia partido em dois, como as pontas da crista de um galo. Da extremidade dessas pontas pendiam guizos. Além disso, as abas do chapéu desciam-lhe pelos dois lados do rosto, circundando-o, e eram amarradas junto ao queixo, salientando-lhe as bochechas.

Em seu semblante, o que mais se destacava era a barba espessa, de pêlos tão ruivos que parecia que a parte inferior de seu rosto estava em chamas. O homem também tinha um nariz grande, vermelho e carnudo e sobrancelhas espessas da mesma cor da barba, além de uma boca com lábios cor de cereja grande até para aquele rosto.

Vestia uma túnica preta de mangas largas e calções que desciam até os tornozelos, cada perna de uma cor diferente, uma azul e a outra, vermelha. Suas botas de couro marrom eram longas com bicos finos. Contudo, apesar das cores bizarras, as roupas estavam surradas, rasgadas e remendadas em muitas partes, o suficiente para que eu visse sua pele suja e cabeluda em vários pontos.

Uma adaga pendia-lhe da cintura. No chão, ao seu lado, havia um saco que eu esperava que contivesse comida.

Seus olhos estavam fechados, mas era evidente que não estava dormindo. Muito pelo contrário, cantava com uma voz rouca enquanto batia em um tambor com suas mãos enormes. Enquanto eu olhava, ele continuou a bater no tambor com seus dedos grandes e a balbuciar sua canção. Depois de repetir as palavras mais algumas vezes, soltou uma gargalhada sonora, como se tivesse ouvido uma ótima piada. Riu tanto, que pôs o tambor de lado e abriu os olhos.

Comparados com o restante do corpo, aqueles olhos eram pequenos e úmidos. Olhos de um porco velho, pensei, perspicazes e maliciosos. Mas o que viu fui eu olhando para ele, pois derrubou o tambor e levou a mão direita à adaga.

Ficamos olhando um para o outro em silêncio.

– Bom dia, rapaz – ele gritou, enquanto largava a arma. – Que Deus esteja com você.

– Que Deus esteja com o senhor também – consegui dizer, apesar de estupefato com a monstruosidade do homem.

– E, por São Sexto, de onde você é? – perguntou ele. – Não desta aldeia esquecida por Deus, suponho.

Balancei a cabeça negando.

– Então, de onde? – disse ele.

– De... muito longe – respondi evasivamente.

– Do leste ou do oeste?

Apontei a direção de onde tinha vindo.

Examinando-me com a cabeça inclinada para o lado, ele coçou a barba enquanto um sorriso manhoso brincava em seus lábios.

– Pela maneira de falar, você parece esperto – ele disse. – Qual é o objetivo de sua viagem?

– Vou... encontrar meu pai – eu disse, pois fora a resposta que eu decidira dar a quem me perguntasse.

– E, diga-me, esse seu pai mora perto?

– Em... uma cidade grande.

Ele ficou me observando mais um pouco com seus olhos sagazes e úmidos.

– Se estou entendendo, garoto – disse ele por fim –, você só sabe mais ou menos de onde veio, mas está indo... para algum outro lugar.

— Por Deus, é isso mesmo, senhor.

— Você tem idéia da sua aparência?

— Não, senhor.

— Sua túnica está, na mesma proporção, suja, rasgada e em farrapos. Seu rosto está arranhado e cheio de lama, assim como seus braços e suas pernas. Seu cabelo está comprido e desgrenhado. Mal consigo contar os seus dedos, pois a sujeira presa neles os esconde. Em suma, você parece mais um cachorro vira-lata do que um menino. Quantos anos você tem? — ele perguntou. — E, pelo amor de Deus, não seja tão vago.

— Mais ou menos treze.

— *Mais ou menos* — ele replicou com um sorriso de escárnio e coçando a barba.

Eu não disse nada, tentando me decidir se deveria fugir. Mas, ainda com a esperança de que aquele barril tivesse um pouco de comida, acabei ficando.

Ele, por sua vez, continuou a me examinar cuidadosamente com seus olhinhos intensos.

— Será que está com fome? — ele perguntou, como se tivesse lido meus pensamentos.

Minha boca ficou cheia de água.

— Sim, senhor, como Deus é justo, e se isso não o incomoda.

— A fome sempre me incomoda — ele rosnou. — Embora nosso grande rei, ainda que fraco, tenha boas intenções, seus súditos leais passam fome. E por quê? Porque os funcionários de seu santo reino não passam de glutões corruptos. Seus conselheiros e parlamentares, todos vestidos de veludo, esse novo tecido italiano, dão as costas para os pobres e comem sua carne de cervo e seus doces. Para não falar dos estrangeiros flamengos que pilham o ouro de nosso país. Mas essa é a vontade de nossa graciosa majestade, que as pobres almas como você e eu não façamos parte de seu cômputo diário. "As coisas são como são" é o lema *dele*. O meu é "As coisas são como *podem* ser!". O que você achou do meu sermão? – ele perguntou, erguendo a cabeça como se realmente desejasse que eu desse uma resposta.

– Eu... não entendi – respondi.

– Nada de nada? – ele, perguntou desapontado.

– Parece... traição – eu disse, arrependendo-me imediatamente de minhas palavras.

Como era de se esperar, seu rosto enevoou-se de raiva.

– Ah, parece, é? – berrou, fazendo-me dar um pulo. – Que seja. Odeio qualquer tipo de tirania. *Isso* também é traição?

Não ousei dizer nada.

Então, com muito mais suavidade, ele falou:

– Bem, por todos os santos e mártires, o que interessa o que *eu* acho? Aproxime-se. Vou-lhe dar um pouco de pão.

Eu tinha tanta fome que deixei de lado toda a prudência. Coloquei a cruz na bolsinha pendurada em meu pescoço e corri para entrar na igreja. Então, depressa, avizinhei-me do lugar onde o homem estava sentado quando o vi desamarrando o saco que estava ao seu lado. Com uma espécie de alegria, vi-o pegar um filão de pão grande e cinzento, que ficou segurando com uma das mãos.

Precipitei-me em sua direção.

Quando cheguei perto dele, sua mão livre avançou e, com uma velocidade que desmentia sua constituição física, ele agarrou-me pelo pulso e me segurou com uma força de pedra.

17.

– Solte-me! – gritei, tentando me desvencilhar. – Eu só queria pão.

– O pão nunca é de graça, menino! – ele rosnou. Embora ainda estivesse sentado, seus braços eram longos, e sua mão enorme me agarrava com firmeza enquanto os guizos do chapéu tilintavam devido ao esforço. – Ou será que dizer isto também é traição?

Por mais que eu tentasse me soltar de seus dedos, não conseguia me livrar de suas garras.

– E parece-me – ele prosseguiu – que você fugiu do lugar onde deveria permanecer. Trate de dizer tudo agora ou, pela música milagrosa de São Gregório e tão certo quanto sei tocar tambor, vou fazer você cantar a verdade.

– Por favor, senhor, solte-me! – gritei, tão forte era a pressão de seus dedos.

– Garoto – berrou –, quero a verdade, ou você vai sofrer. – Seus dedos apertaram-me ainda mais.

– Eu já lhe disse... estou indo para uma cidade.

– Com que objetivo?

– Para salvar minha pele.

– Salvar sua pele? – ele riu. – Nenhum homem consegue fazer isso sozinho. Muito menos um garoto. O que o faz acreditar que vai conseguir salvar sua pele numa cidade?

– Foi... o que me disseram.

– Que autoridade lhe disse isso?

– O padre Quinel.

– Um *padre* – disse ele com desprezo e apertando-me com mais força. – Eu devia ter adivinhado. E você acreditou nele?

– O senhor está me machucando!

– Dane-se a sua dor. Por que você fugiu?

– Eu tive de fugir.

– Teve de fugir? – ele perguntou, apertando meu pulso com tanta força que achei que meu braço fosse rachar.

– Eu fui declarado cabeça-de-lobo.

– Cabeça-de-lobo? Por que motivo?

– Meu senhor acusou-me de roubo.

– Que senhor?

– O administrador. Eu fiquei com medo de que ele me matasse.

– E o que você roubou?

– Nada.

– E, no entanto, você fugiu.

– Para salvar minha pele, senhor.

– E não lembrou que quem o apanhasse poderia levá-lo de volta?

– Por favor, senhor, meu braço está doendo muito.

– E esse seu pai que você está procurando?

– Ele morreu.

– E sua mãe?

– Também.

Assim que eu disse isso, ele me soltou. Mas num mesmo movimento levantou-se, deu um salto e ficou entre mim e a entrada da igreja em ruínas. Meu caminho estava bloqueado.

18. Erguendo-se diante de mim como uma torre, com o chapéu de guizos tilintando, um sorriso desdenhoso nos lábios e a barba espessa e vermelha como o fogo do inferno, ele me parecia um demônio de verdade.

– Agora você tem um novo senhor – ele declarou.

– Por favor, meu senhor – implorei, tremendo de medo e esfregando o pulso que ele esmagara. – Não sei o que quer dizer.

– Pelas tripas fedorentas de Lúcifer, garoto, a lei afirma que, quando alguém abandona indevidamente seu verdadeiro senhor, essa pessoa torna-se servo do primeiro homem livre que a encontra e reclama. Você fugiu do seu senhor. E eu o encontrei, uma dádiva de Deus. De agora em diante, você vai servir a *mim*.

– Por favor, senhor – tornei a dizer timidamente. – Não quero servi-lo.

– Você não tem escolha. Ou faz como estou mandando ou vou levá-lo de volta para o lugar de onde veio. Tenho certeza de que chegarei bem depressa até seu antigo senhor. E vou entregá-lo ao administrador. Sem dúvida, ele vai ficar muito satisfeito em degolá-lo. Não sei como chegou até aqui – prosseguiu. – Mas, por acaso, você viu o homem em decomposição na forca na encruzilhada?

– Vi.

– Você leu a tabuleta em que está escrito o crime que ele cometeu?

– Não sei ler, senhor.

— Bem, eu sei e a li. O homem se revoltou contra seu lorde e senhor. Como? Não entregando uma libra de lã para vendê-la e alimentar seu filho doente. Ele cometeu um *roubo* – acrescentou o grandalhão, apontando para a estrada –, e é o que farão com você por ter cometido o mesmo crime.

— Tenha piedade, grande senhor – supliquei, caindo de joelhos aterrorizado, pois ele parecia conhecer a terrível verdade das coisas.

— Não me implore piedade – trovejou, inclinando-se sobre mim de uma maneira que me senti um ratinho. – Mas jure em nome de Jesus que nunca mais vai sair do meu lado, ou seu sangue vai correr como água. E, em nome de Deus, prometo a você, num lugar amaldiçoado como este, que só os mortos saberão de seu paradeiro. Jure – gritou, desta vez brandindo a adaga.

Eu estava tão apavorado que mal conseguia respirar. As lágrimas rolavam-me pelo rosto.

— Eu... eu juro – gaguejei.

— Pelo nome sagrado de Jesus.

— Pelo... nome sagrado... de Jesus – prossegui.

— Que serei seu servo...

— Que serei seu servo...

— Que se eu falhar...

— Se eu falhar...

As palavras ficaram presas em minha garganta. Ele estava me fazendo jurar uma coisa terrível. Um juramento como esse não podia ser quebrado.

— Diga – berrou, aproximando a adaga.

Temi por minha vida.

– Se eu falhar...

– Que Deus, que tudo vê, me faça cair morto no lugar onde eu estiver.

– Que Deus, que tudo vê, ... me faça cair morto – sussurrei eu.

– No lugar onde eu estiver.

– No lugar onde eu estiver.

– Pronto – ele anunciou. Então, pôs a adaga de lado e me ofereceu um pedaço de pão. – Agora você é meu, ou Deus dará cabo de você, como faz com a raça imunda dos cabeças-de-lobo.

19. Agarrando o pão com minhas mãos trêmulas, arrastei-me para um canto da igreja em ruínas, o mais distante possível daquele homem monstruoso. Embora tenha engolido o pão que ele me dera, sabia que tinha feito um juramento sagrado que me ligava a ele para sempre. Achei que teria sido muito melhor ter morrido na estrada.

Ouvindo-o mexer-se, lancei um olhar ansioso em sua direção. Ele tornara a se sentar, mas num lugar que me impedia de fugir. Além disso, fitava-me com seus olhos úmidos e perspicazes. Ousei devolver-lhe o olhar, com o maior ódio que eu já sentira.

– Ah, garoto, que importância tem isso? – disse ele, a voz bem mais suave. – Você não espera conseguir viver sem um senhor, espera?

Não respondi.

– Ou será que você acredita que, um dia, nenhum de nós terá um senhor?

Incapaz de encontrar palavras que pudessem expressar meu sofrimento, permaneci calado.

– Responda! – ele gritou, fazendo-me pular. – Você acredita ou não que algum dia nenhum de nós terá um senhor?

Neguei com a cabeça.

– Por que *não*?

– Deus... – disse eu, engolindo minha tristeza – não quis assim.

– No entanto – ele retorquiu, inclinando-se sobre mim com um olhar malicioso –, quando Adão arava a terra e Eva fiava, quem era o senhor?

Sua pergunta era tão estranha que não consegui respondê-la.

– Você não gosta do meu senso de humor – ele declarou. – Você acha que isso é *traição*?

Eu queria dizer *sim*, mas estava assustado demais.

– Não precisa ficar tão melindrado – ele disse. – Quando tiver vivido tanto quanto eu, vai aprender a não confiar e a não amar nenhum mortal. Então, o único que poderá traí-lo será você mesmo.

Eu não sabia o que dizer.

– Você nunca sorri, rapaz? – ele perguntou. – Quando a gente não consegue nem rir nem sorrir, a vida não vale a pena. Está me ouvindo? – berrou. – A vida, assim, não vale *nada*!

Recuei instintivamente.

Então, sorrindo, ele inclinou a cabeça para o lado e coçou a barba. Com um movimento da mão, tirou o chapéu da cabeça, revelando a calva.

– Pelo amor do santo rei Arnolfo – disse ele –, você poderia estar numa situação muito pior do que ser meu servo.

Dito isso, ele pareceu mergulhar em si mesmo e se ocupar dos próprios pensamentos.

Temendo o que ele faria em seguida, observava-o com desconfiança. Mas, depois de certo tempo, ele apenas disse:

– Você quer me perguntar alguma coisa? Quem eu sou? O meu nome? O que estou fazendo aqui?

– Não... tem importância – gaguejei.

– Por quê? – perguntou ele.

– Porque já é meu senhor para sempre.

– Então, está bem – disse, como se eu o tivesse ofendido.

Por alguns instantes, brincou com seu chapéu, sem nenhum motivo aparente, como se estivesse perdido em pensamentos. Por fim, agarrou sua sacola e começou a remexê-la, tirando três bolas feitas de couro costurado.

Para minha surpresa, jogou as bolas para cima. Em vez de caírem no chão, elas permaneceram no ar girando segundo sua vontade, apenas por um único toque leve de seus dedos.

Eu observava a cena, admirado.

– O que é que você acha disto? – ele perguntou rindo.

– Elas são... encantadas, senhor? – sussurrei.

– De jeito nenhum – ele declarou enquanto continuava a manter as bolas no ar, às vezes mais para cima, às vezes mais para baixo até que, tão abruptamente quanto quando começara a brincar com elas, juntou-as e segurou-as com suas mãos enormes.

– Sou jogral – disse ele. Como não respondi, ele perguntou: – Você sabe o que quer dizer isso?

Neguei com a cabeça.

– É uma palavra francesa. Significa que equilibro coisas ou atiro bolas, caixas, facas, o que eu quiser, no ar e torno a pegá-las. E o que faço com minhas habilidades? Vou de cidade em cidade por todo o reino. Não como mendigo, mas como homem habilidoso. Essas habilidades, garoto, me permitem ganhar muitas moedas para sobreviver e manter esta barriga cheia – disse ele, dando tapinhas na barriga enorme. – Pode acreditar – prosseguiu –, não existe lugar no reino que eu não conheça. Gascônia, Bretanha e também Escócia. O que você acha *disso*?

Ele me apresentava tantas idéias novas e estranhas que eu não conseguia apreendê-las a todas. Assim, tudo o que respondi foi:

– Não sei, senhor.

Ele inclinou a cabeça para o lado.

– Será que você tem *alguma* idéia de *alguma coisa*?

Virei a cabeça para evitar-lhe o olhar.

Ele suspirou.

– Como é o seu nome?

Hesitei, pois não desejava que ele me chamasse como eu sempre fora chamado: filho de Asta. Mas tampouco me sentia à vontade com o novo nome que acabara de descobrir.

Ele curvou-se sobre mim com seu olhar penetrante.

— Garoto — disse —, como seu senhor, vou-lhe dar um conselho: sou um homem simples. Gosto das coisas simples. Faça o que lhe mandar ou sofrerá as conseqüências. Agora, trate de me responder ou, por Deus que está no céu, vou lhe dar uma sova. Como é o seu nome?

— Meu nome é... filho de Asta.

— *Filho de Asta*. Isso não é nome. É uma descrição. Não lhe deram um nome quando você foi batizado?

— Disseram-me... que é.... Crispim.

— *Crispim*. É um nome fino e nobre demais para um lixo como você. Qual é o seu sobrenome?

— Eu... não sei.

— Pelo sangue de Cristo! Você podia muito bem ter nascido cachorro — disse ele.

Mal consegui conter minha raiva.

— Muito bem, Crispim, pois é assim que vou chamá-lo, eu também estou em busca de cidades. Mas não vou a esses lugares como camponês mendigo e fugitivo como você, e sim para ganhar meu pão fazendo os malabarismos que lhe mostrei. As pessoas nas cidades dão boas moedas para ver minhas folias nas praças, nas casas dos mercadores, nas estalagens e nas prefeituras. Você sabe tocar algum instrumento?

— Tocar?

— Pelo cuspe do diabo! — ele exclamou. — Você passou a vida numa caverna? Será que nasceu de alguma ovelha? Você não conhece um tambor, uma corneta, uma gaita de fole? Sabe cantar?

— Não, senhor.

— Pelas chagas de Cristo! — ele espantou-se. — A música é a linguagem do espírito. Você sabe fazer *alguma coisa*?
— Sei seguir um boi. Semear. Colher ervas daninhas. Juntar a colheita. Debulhar trigo e cevada.
— Santo Deus! — disse ele. — E nessa cidade para onde você pretende ir, vai arar *as ruas*?
Incapaz de continuar me contendo, explodi:
— Eu não sei o que ia fazer. Queria conquistar minha liberdade. E, com a ajuda de Deus, eu teria conseguido se você não tivesse aparecido.
Ele esbugalhou os olhos. Então, jogou a cabeça para trás e deu uma enorme gargalhada como se eu tivesse contado a piada mais engraçada do mundo.
— *Liberdade* — repetiu. — E, ainda por cima, com a ajuda de Deus. É incrível que você não tenha invocado São Crispim para socorrê-lo. Não é de estranhar que você queira morrer. A única diferença entre um tolo morto e um tolo vivo é que o morto tem uma sepultura mais funda.
Era como se todo o desprezo e os insultos que eu já suportara estivessem saindo dele. Se um buraco se abrisse na terra, eu pularia dentro dele de boa vontade.
— Ah, nobre Crispim — ele prosseguiu. — Nosso Deus misericordioso, em Sua sabedoria, deve ter me enviado você para que eu lhe ensinasse alguma coisa. Vou começar a ensinar. Lembre bem: com todos os exércitos do reino a seu lado, você não conseguiria obter sua liberdade sozinho. Um menino? Sozinho numa cidade? Um cabeça-de-lobo? Ora, qualquer cidade

em que você entrasse iria engoli-lo como a baleia engoliu Jonas. E só abriria a boca para arrotar sua alma vazia. – Dito isso, irrompeu numa nova gargalhada. – Agora, vá em frente. Vamos ver se você é capaz de me fazer uma pergunta.

Esforçando-me para pensar em alguma coisa, eu disse:

– Qual... qual é o seu nome?

– Orson Hrothgar – respondeu ele. – Mas as pessoas me chamam de "Urso". Por causa do meu tamanho. E da minha força. Preste atenção, jovem São Crispim – acrescentou –, o urso tem duas naturezas. Ele é doce e gentil. Mas quando fica irritado vira um bruto incontrolável. Assim, peço-lhe que leve em consideração os dois lados da minha natureza. Próxima pergunta.

– Para onde você está indo? – perguntei.

– Em direção a minha morte – ele respondeu –, como todos os homens.

– Mas... antes disso? – arrisquei-me.

Seus olhos pareciam rir.

– Ah, você tem uma certa inteligência. Em nome de Deus, antes de eu chegar ao meu final, há trabalho a ser feito. Muito trabalho. O trabalho de toda uma vida.

– Do que... se trata?

Ele inclinou a cabeça e riu.

– Na festa de São João Batista, devo encontrar um homem em Great Wexly. Coisas importantes estão para acontecer, jovem Crispim – disse ele com solenidade –, e eu pretendo desempenhar meu papel nelas. Que seja como *tem* de ser. Mas há tempo para isso. Até lá, você e eu vamos ficar vagando. Nossa tarefa é continuarmos vivos e avaliarmos este reino com nossos pés, nossos olhos e nossos ouvidos.

Dito isso, jogou-me sua sacola. Sua intenção era perfeitamente clara. Apesar de ele ser enorme, eu é que iria carregar suas coisas.

Lamentando intimamente meu destino, ergui a sacola e dei início à minha vida de servo do Urso. Começava a perguntar-me se ele não era louco.

20.

A aldeia sem vida logo ficou para trás. O Urso ia à frente, andando pela estrada com passadas de gigante.

E que espetáculo estranho era vê-lo com sua túnica negra, suas pernas de duas cores, o chapéu partido mexendo-se para cima e para baixo e os guizos tilintando. Quanto a mim, com sua sacola pesada às costas, tinha de me esforçar para acompanhá-lo.

A princípio ficamos calados. Eu estava abatido demais. Era difícil suportar o fato de, ao fugir de um senhor cruel, ter caído nas mãos de outro. E de um homem que afirmava odiar a tirania.

Mais de uma vez, pensei em largar a sacola no chão e sair correndo. Eu tinha de me lembrar de que fizera o juramento solene de ficar com ele. Quebrar o juramento iria levar-me direto para o inferno. Não havia nada a fazer além de continuar andando e cumprir a vontade de Deus. Então, lembrei que Great Wexly era um dos lugares em que, como dissera o padre Quinel, eu poderia conseguir minha liberdade. Talvez fosse vantajoso ir até lá. Em silêncio, rezei para que isso fosse verdade.

Continuamos a andar pelo resto do dia. Não vi ninguém o tempo todo, nem passamos por qualquer outra aldeia.

Numa ocasião perguntei:

– Senhor Urso, por que não estamos vendo ninguém pelo caminho?

– Por São Roque, é a peste – respondeu ele, confirmando meus temores. – Quase nenhuma aldeia desta área foi poupada. E nas cidades...

– Também não sobrou ninguém nelas, senhor? – perguntei, temendo que também tivessem sido abandonadas.

Ele riu.

– Em Londres, digamos umas trinta ou quarenta mil pessoas.

– Quarenta mil? – exclamei, surpreso.

– Não se preocupe. É muito mais gente do que alguém, com exceção dos coletores de impostos reais, consegue contar. E não me chame de senhor – ele resmungou.

– Por quê?

– É muito servil.

– Mas o senhor é o meu amo.

Sua resposta foi um rosnado.

Tínhamos percorrido não sei dizer que distância, quando o Urso resolveu parar.

– Vamos descansar por aqui.

21. Ele se dirigiu a um bosque. Lá, atirou-se no chão e disse-me para fazer o mesmo. Depois, pediu a sacola. Revolveu-a, tirou mais pão, partiu-o e deu-me a metade.

Já estávamos calados havia um certo tempo, eu ainda lamentando meu triste destino, quando ele disse:

– Acho que você não gosta de mim.

– Não tenho escolha – respondi.

– Você gostaria de ter escolha?

– Que se cumpra a vontade de Deus – repliquei.

Ele deu de ombros e disse:

– Você pode não acreditar, mas eu fui destinado a ser padre. Na cidade de York. Lá no norte.

Considerei-o de outra maneira. O padre Quinel havia sido o único padre que eu conhecera. Aquele homenzarrão não podia ser mais diferente dele.

– Acho que meu pai se cansou de mim – prosseguiu o Urso. – Disse que eu provocava muita encrenca e comia demais. Na verdade – acrescentou com súbita amargura –, suspeito que ele me ofereceu a Deus para cumprir uma promessa que havia feito em troca de um negócio rentável. Mas, pergunto, que tipo de homem trocaria o filho por um saco de lã?

Sua pergunta fez-me pensar em meu pai. Tentei imaginar que tipo de homem ele fora, se ainda estava vivo e se teria feito isso comigo.

– Meu pai era um homem meticuloso – prosseguiu o Urso. – Pagava ao convento tudo o que devia, dava-me apressadamente sua bênção e ia embora. Nunca mais tornei a vê-lo. Num instante eu já estava numa abadia beneditina prestes a me tornar monge. Doze anos de idade, mais novo que você, e já usando um hábito. Um acólito.

— Você se tornou monge? — perguntei.

— Fiquei na abadia durante sete anos. Aprendi a rezar. Como ficar em silêncio. Aprendi a ler em latim, francês e até inglês. Foi isso que me manteve longe da forca.

— Por quê? — perguntei, pois, apesar da situação, descobri que estava interessado na história dele.

— A lei. Se você souber ler, será tratado como padre. A lei comum não permite que os padres sejam enforcados. Mas um pouco antes de fazer meus votos — prosseguiu —, quando estava em uma missão a mando de meu obeso e seboso abade, deparei com um grupo de artistas na praça junto à catedral de York. Sua música, seus truques e, acima de tudo, suas risadas me encantaram. Talvez o próprio diabo tenha seduzido minha alma. De qualquer modo, acabei fugindo. Como você — acrescentou com uma risada.

— Mas... como você conseguiu abandonar a Deus? — perguntei.

— Ele já não tinha me abandonado?

— Foi seu pai e não Deus que o abandonou — repliquei.

Minhas palavras devem tê-lo surpreendido, pois ele ficou em silêncio. E, quando tornou a falar, foi com menos bravata:

— Durante dez anos viajei com aquela gente — contou. — Eles tornaram-se meus amigos mais queridos. Vagávamos por todo o reino. Imagine que quase vivíamos como mendigos. Mas meus companheiros ensinaram-me outras linguagens melhores: a linguagem da música, das mãos, dos pés. E, acima de tudo, a do riso.

– Então, você ainda pode ser enforcado?

– É o que você espera, não é? – disse ele rindo. – Não enquanto eu souber ler. Mas voltei-me para outras coisas importantes. Em seguida, tornei-me soldado.

– E abandonou seus novos amigos – eu disse.

– Não abandonei. Dispersamo-nos. Só Santo Antônio sabe para onde eles foram. Alguns continuaram a perambular. Outros perderam a vida devido a brigas, à cadeia, a duelos ou doenças. Alguns acabaram se casando. A vida sem destino, a vida de artista, é, quando muito, frágil. – Ele deu de ombros. – De qualquer modo, prefiro ficar sozinho.

– Então, por que...? – gaguejei.

– Por que o quê? Fale.

– Então, por que você precisa de mim? – quis saber.

Como resposta, ele pegou a sacola de onde tirou novamente as bolas de couro. Como antes, jogou-as para cima várias vezes até que parecessem flutuar acima de suas mãos.

– Venha – disse ele, atirando-me as bolas. – Mostre-me sua habilidade.

– Eu?

– Claro, você.

– Eu não sei fazer essas coisas.

– São Crispim – ele rosnou – fique de pé diante de mim.

Com relutância, postei-me diante dele.

– Agora, preste atenção – ele falou. Começando com uma

bola, ele me mostrou como atirá-la para a frente e para trás entre suas mãos. Então, disse-me para fazer o mesmo.

Eu fiz o que ele mandava, a princípio desajeitadamente, mas, sob suas ordens insistentes, comecei a aprender os truques.

– Agora – disse o Urso – observe isto.

Ele pegou uma segunda bola e, junto com a primeira, começou a jogá-la para trás e para a frente. – Faça isto – ordenou.

Jogar com *duas* bolas entre minhas mãos era uma outra história. Mal conseguia atirá-las.

– Mais uma vez – ele gritou. – E mais outra vez.

Quando eu falhava, ele se mostrava sempre severo, insistindo para que eu tentasse de novo. Por fim, as bolas começaram a voar de minhas mãos.

Depois de tornar a se sentar e me observar atentamente com seus olhos perspicazes, ele disse:

– Já chega. Precisamos ir em frente. Depois você pratica mais. Aos poucos, iremos acrescentando outras bolas. E música também. E juro por Cristo que você vai aprender direitinho.

– Mas... por quê? – perguntei.

– Você vai ver.

Continuamos a caminhar pela estrada enlameada. Desta vez, enquanto andávamos, o Urso cantava a plenos pulmões:

"*O cuco canta alta!*
A semente cresce e a campina floresce!
Vem a primavera,
Os bosques cantam!
Agora canta, cuco; canta, cuco!
Agora canta, cuco; canta, cuco!

Então, tirou outro instrumento musical – que ele chamava de *flauta doce* – de sua sacola – e começou a tocar a mesma melodia; em seguida, cantou o refrão outra vez.

– Cante – ele ordenou.

– Eu não sei cantar.

– Crispim, se eu mandei você cantar, cante – disse.

Hesitante, tentei cantar.

– Mais alto.

Obedeci. Enquanto caminhávamos, convenci-me totalmente de que Urso era louco.

22. Ao cair da noite, o Urso encontrou um lugar escondido a alguns passos da estrada. Então, mandou que eu ficasse de pé junto ao tronco de uma árvore.

Hesitei em obedecer.

– Faça o que eu disse – ele ordenou.

Depois que eu o obedeci, tirou um rolo de corda de seu saco e, para minha surpresa, começou a amarrar minhas mãos atrás da árvore.

– O que você está fazendo? – gritei, interpretando o que estava acontecendo como confirmação de sua loucura.

– Preciso ir buscar comida – disse ele, apertando o nó. – Você só iria atrapalhar. E não quero que fuja.

– Mas jurei que não fugiria – disse eu. – Imploro-lhe que não me deixe aqui.

– Ora... – ele zombou. – Deus sabe que, para o trigo e a confiança crescerem, é preciso toda uma estação.

Sem dizer mais nada, ele se afastou e deixou-me sozinho. Mais de uma vez examinei o nó, disposto a quebrar minha promessa e fugir. Mas, por mais que tentasse, não consegui me soltar. Meus braços foram ficando dormentes.

Não sei dizer por quanto tempo ele ficou fora. O suficiente, contudo, para encher meu coração de mais tristeza e me fazer praguejar contra ele. Cheguei a gritar por socorro, embora soubesse que ninguém iria me ajudar.

Mas, quando vi o saco que ele deixara para trás, confirmei a mim mesmo que ele voltaria, não por minha causa, mas pelo saco. Foi o que aconteceu. E mais, um coelho grande e gordo pendia de suas mãos.

– Cá estamos, São Crispim – disse ele enquanto se aproximava, com um grande sorriso em seu rosto vermelho e barbudo –, agora você pode constatar que, por bem ou por mal, eu sempre cumpro minha palavra.

Ele me desamarrou. Zonzo por ter ficado tanto tempo de pé, com meus braços doendo por terem sido amarrados, imediatamente caí sentado.

– Você sabe qual é a pena por caça ilegal? – perguntou, enquanto afiava a adaga cuidadosamente para tirar a pele do coelho.

Eu estava tão bravo que só balancei a cabeça.

– Para nos alimentar, pus nossas vidas em perigo – ele declarou. – Este é o tipo de liberdade que existe neste reino.

Com uma pedra, a lâmina da adaga e uma estopa, ele acendeu uma fogueira e me pediu que a alimentasse com pedaços de madeira. Então, pegou o coelho, espetou-o num galho e pôs-se a assá-lo.

– Você gosta de carne? – perguntou, ao me ver boquiaberto.

– Só comi carne algumas vezes – confessei.

– *Algumas* vezes! – ele riu alto. – Ah, Crispim, os santos sabiam o que estavam fazendo quando me mandaram você. Quanto a mim, adoro carne.

Quando ele anunciou que o coelho estava pronto, partiu-o em pedaços e deu-me alguns deles. Enquanto colocava os pedaços de carne na boca com os dedos, admitia para mim mesmo que aquela era a melhor comida que eu já experimentara. Minha decisão de fugir, de certa forma, abrandou-se.

Mais tarde, depois de comermos até não poder mais – mais carne do que eu já comera em toda minha vida –, e de a fogueira baixar, o Urso me pediu que deitasse do outro lado do fogo para que pudesse conversar comigo.

Fiquei imaginando que loucura ele iria me revelar.

Havia escurecido. A única luz que se via era a da nossa fogueira. Começou a soprar uma brisa, que fazia as chamas dançarem. A barba ruiva do Urso parecia cintilar à luz do fogo, de modo que seu rosto, apesar da escuridão, brilhava como o sol. Sua careca luzia como a lua. Na verdade, ele era grande o suficiente para preencher o céu inteiro.

Então começou a falar de suas muitas aventuras, de sua vida tumultuada, das maravilhas que tinha visto, das complicações de que conseguira se safar, de sua boa e de sua má sorte. Eu nunca tinha ouvido nada parecido. Era um mundo e uma vida, uma maneira de ser totalmente desconhecida para mim. Além disso, tudo o que ele contava era acompanhado por uma risada. Era como se a própria vida fosse uma piada. Exceto que, de vez em quando, ele praguejava com uma raiva terrível contra o que chamava de injustiças do mundo.

Então falou da época em que fora soldado e lutou ao lado do Príncipe Negro na Gasconha e na Bretanha.

— Nosso senhor está lutando na França há muito tempo — disse eu. — É por isso que eu nunca o vi.

— Como ele se chama?

— Lorde Furnival.

— Furnival — repetiu o Urso. — Você vai gostar de saber que a residência principal dele fica em Great Wexly, para onde estamos indo.

— Que tipo de homem ele é? — perguntei.

— Eu já o vi muitas vezes — o Urso deu de ombros. — Um grande proprietário de terras. E arrogante. O que lhe falta de capacidade para lutar sobra-lhe para vangloriar-se, beber e matar. Nessa ordem.

— Mas ele é um nobre.

O Urso grunhiu.

— E você acha que isso o torna menos mortal? Pelos velhos ossos de Deus, Crispim, é na guerra que o cristão é realmente testado. E o seu lorde Furnival nunca inspirou fé a ninguém. Quando se tratava de pilhagem e de crueldade, ele fazia mais do que a parte dele. Quando se tratava de resgate, seus olhos funcionavam mais do que os de um falcão. E quanto aos prisioneiros que não podiam pagar nada... — o Urso abanou a mão de maneira desdenhosa. — A morte. E quanto ao seu gosto pelas mulheres..., não vou dizer nada. Mas acredite em mim:

quando Jesus vier nos julgar, seu lorde Furnival vai ter muito pelo que responder.

— O administrador dele é cruel — disse eu.

— Eles formam uma bela dupla — retorquiu o Urso. — E como é o nome de sua aldeia?

— Stromford — revelei, antes que pudesse evitá-lo.

Depois que o Urso se calou, comecei a pensar no que havia dito sobre lorde Furnival. Fiquei inquieto ao pensar que talvez tenha sido um grande erro revelar minha ligação com o lugar de onde eu vinha. Se o Urso fosse mesmo louco, seria um perigo ir para onde estávamos indo. E contudo... ele parecia saber tanto, mais do que qualquer outro homem que eu já conhecera. Fiquei me perguntando o que ele pensaria quando soubesse mais a meu respeito.

O fogo ardia sem chamas. Soprou uma brisa. Um pássaro cantou em meio à escuridão. Minha preocupação começava a se amainar, quando o Urso disse:

— Bem, Crispim, é hora de eu saber a verdade a seu respeito.

23. Eu mal sabia o que dizer. Senti o desejo de dizer quem era e o que havia acontecido. Contudo, não me parecia apropriado. Afinal, ele agora era meu senhor. Eu era seu servo. Não éramos iguais.

Mas, antes que eu pudesse pensar mais sobre o assunto, ele me perguntou:

— Quando foi que sua mãe morreu?

— Há... há pouco tempo — respondi.

– Que santa Margarida cuide dela no céu – respondeu ele, fazendo o sinal-da-cruz. – Que tipo de mulher ela era?

Como ninguém nunca me perguntara nada sobre minha mãe, era difícil saber por onde começar. Só de pensar nela, eu já sentia uma dor no coração.

– Ela era desprezada pelas outras pessoas da aldeia – eu disse. – E também não era de falar muito. Quando falava, era sempre amarga.

– Por quê?

– Não sei. Às vezes eu achava que talvez fosse por ela ser simples e fraca. O administrador, o bailio e o magistrado sempre lhe impunham tarefas difíceis. Na maioria das vezes, faziam-na trabalhar sozinha. Mas, apesar de se esforçar ao máximo em seu trabalho, ele era pouco reconhecido.

Para minha surpresa, senti-me aliviado por ter falado. Como era estranho ter alguém que me escutasse. E prossegui:

– Às vezes ela me abraçava. Outras vezes ela parecia me achar... repulsivo. Às vezes eu achava que era a causa de sua infelicidade.

– E o seu pai?

– Morreu antes de eu nascer. Na peste.

– Nenhum outro parente?

– Nenhum.

Seus olhos se cerraram.

– Por que será?

Dei de ombros.

– Minha mãe disse que eles também morreram durante a Grande Mortandade.

– Uma história bem comum. Eu escapei dela.

– Como?

– Fugindo para o norte até onde deu, para as ilhas selvagens do norte da Escócia. Sua mãe não tinha sobrenome?

– Se tinha, eu nunca soube.

– Você gostaria de saber sobre essas coisas desconhecidas? Saber seu nome? Sobre sua mãe? Sobre seu pai?

– Gostaria, sim – respondi –, mas não sei como.

Ele ficou quieto por um instante, como se estivesse pensando no que eu dissera. Então disse:

– Agora, Crispim, conte-me como você foi declarado cabeça-de-lobo.

24. A essas alturas já me sentia tão à vontade para falar que simplesmente lhe relatei tudo o que havia acontecido, com todos os detalhes de que consegui me lembrar.

Quando terminei, ele perguntou:

– E eles o declararam cabeça-de-lobo só por causa *disso*?

Confirmei com a cabeça.

– Ser um cabeça-de-lobo significa que você já não é humano. Qualquer um pode matá-lo – disse ele com um riso forçado. – Até eu. Mas – prosseguiu, sério – seu padre disse-lhe para fugir.

– Sim.

– E, como o administrador tentou matá-lo, o padre tinha razão.

Depois de um instante, eu disse:

— E eles mataram o padre Quinel.

O Urso sentou-se num salto.

— Mataram o padre? — gritou. — Em nome de Deus, por quê?

— Não sei. Quando me disse para fugir, ele também me prometeu que me contaria uma coisa importante antes de eu partir. Mas ele foi assassinado.

— Você tem alguma idéia do que ele ia dizer?

— Alguma coisa sobre o meu pai. E sobre a minha mãe. Acho que ele morreu por minha culpa. Deus estava me punindo.

— Matando um de Seus padres? Isso é uma coisa que já observei — disse o gigante com um riso de desprezo —, quanto maior a ignorância de um homem, ou de um garoto, com relação ao mundo, maior é a certeza de ele se achar o centro desse mundo.

Abaixei a cabeça.

— Crispim — disse ele, depois de um momento de silêncio —, vou lhe dar um conselho. Você está muito triste. Os que provocam a piedade são evitados. E você sabe por quê?

Neguei com a cabeça.

— Porque a tristeza é algo comum a todos homens. E quem quer mais? Mas a inteligência e a alegria, Crispim, nunca são demais para ninguém. Quando penso na perfeição de nosso Salvador, prefiro pensar principalmente em Seu riso perfeito. Deve ser do tipo que também nos faz rir. Pois a alegria é a moeda que abre as portas. Deixe sua tristeza de lado e encontrará sua liberdade.

Lembrei-me da palavra *liberdade* como uma palavra que o padre Quinel usava.

Depois de um instante, eu disse:

– Mas você não me deu outra opção além de ficar com você.

Seus olhos brilharam de raiva, de uma forma que fez com que eu me arrependesse do que dissera. Mas, então, como com freqüência acontecia com ele, deu uma risada:

– Crispim, você sabe por que meu chapéu se divide em duas partes?

– Não.

– Como todos os homens habilidosos, uso o uniforme de meu ofício... Para mim, o chapéu de dois bicos informa ao mundo que existe mais do que uma única natureza em minha alma. Uma natureza boa *e* uma má.

Mas eu sou só mau, pensei, desejando, mais uma vez, saber que pecado estava encravado em mim para que Deus me punisse com tanta severidade.

– Crispim – disse o Urso –, um sábio (que exerce o ofício de bufão) certa vez me disse que viver de respostas é uma forma de morte. Só as perguntas mantêm a gente vivo. O que você acha disso?

– Não sei – respondi.

– Pense nisso. Pois logo estaremos saindo desta zona de desolação. Daqui para a frente, se Deus quiser, muitas aldeias vivas aparecerão. Serão pequenas, mas se trabalharmos bem, conseguiremos sobreviver, você e eu. Quer ficar comigo? Eu lhe dou a liberdade de escolher.

— Você é o meu senhor — declarei. — Não tenho escolha.

— Crispim, decida — ladrou ele.

Eu balancei a cabeça.

— Não cabe a mim decidir.

— Todo homem não deve ser senhor de si próprio? — ele perguntou.

— Você me fez chamá-lo de senhor.

Seu rosto ficou mais vermelho do que de hábito.

— Você é um bobo voluntarioso — ele berrou. Claramente frustrado, reavivou o fogo. — Você vem comigo.

— Às suas ordens — respondi.

Ele deu de ombros e disse apenas:

— Antes de chegarmos lá, você vai precisar aprender algumas coisas.

— O quê?

— Amanhã haverá muito tempo para isso. Durma. — Sem acrescentar mais nada, ele deitou-se.

Tirei minha cruz de chumbo da bolsinha presa a meu pescoço e, ajoelhando-me, preparei-me para rezar.

— O que você está fazendo? — ele perguntou.

— Rezando — respondi, olhando por cima do ombro.

— O que é isso na sua mão?

— Uma cruz de chumbo. Era de minha mãe — disse eu, estendendo-a para que ele a pudesse ver. — Tem algo escrito nela.

— Escrito ou não, é inútil — disse ele, empurrando minha mão. — Isso não passa de uma bobagem.

— O que você quer dizer? — perguntei temendo que ele estivesse tendo um ataque de loucura.

– Todas essas coisas... sua cruz, suas orações. Como Deus está em toda parte, e Ele sempre está, não são necessárias palavras ou objetos especiais para a gente se achegar a Ele.

– Mas esta cruz... – comecei a dizer.

Ele me interrompeu:

– Eu sei o que é. É feita de chumbo. Feita em números incontáveis durante a Grande Mortandade. Nunca eram abençoadas, mas eram dadas aos moribundos como um falso conforto. São tão comuns e tão sagradas quanto as folhas das árvores. – Crispim, Jesus é testemunha de que as igrejas e os padres são completamente inúteis. A única cruz de que você precisa é a que está em seu coração.

Muito chocado, eu não sabia o que dizer.

– Mas – ele acrescentou, com uma certa raiva –, se você repetir minhas palavras em público, sabe o que lhe acontecerá?

– Não.

– Você será queimado vivo. Portanto, não as repita. E, se você disser que *eu* as disse, denuncio você como mentiroso e herético. Guarde a sua cruz. Não quero vê-la de novo. Conserve sua fé para você mesmo.

Apesar de perturbado por suas palavras, virei-me e fiz minhas orações, com a cruz nas mãos.

Rezei para São Gil e pedi-lhe que intercedesse por meu pai, que eu não conheci, por minha mãe, de quem eu sentia tanta falta, e, por fim, por mim mesmo. Também prometi ao santo que não acreditaria nas coisas que o Urso dizia.

Embora o Urso provavelmente tenha me ouvido, ele não interferiu. Quando terminei, disse:

– Urso, lamento saber tão pouco das coisas.

– Às vezes é melhor não saber.

– Como assim?

– Ah, Crispim, uma coisa que eu aprendi é que quem sabe um pouco de tudo não sabe nada. Mas quem sabe um pouco bem sabe muito de tudo.

Ele não disse mais nada e logo adormeceu, roncando como um porco.

O fogo havia se reduzido a um amontoado de brasas. Como a noite fosse fria, aproximei-me dele e tentei entender as coisas que o Urso havia dito. Ele me deixara confuso. Em primeiro lugar, disse que era melhor viver por meio das perguntas. Então, disse que era um erro saber tudo. Esforcei-me por juntar as duas idéias, mas não consegui.

O que eu sabia é que ele era diferente de qualquer pessoa que eu já conhecera. Com certeza, era meio amalucado. Contudo, eu não podia negar que nele também havia uma certa bondade...

Mas o que mais me perturbava era ele ter dito que todo homem devia ser dono de si mesmo. O que eu sabia é que *todos* os homens pertenciam a alguém. Com certeza, o próprio Deus havia determinado os nossos lugares: os senhores deviam governar e lutar; o clero rezar; todos os outros – como eu – estavam no mundo para trabalhar, servir aos nossos senhores e a nosso Deus.

Afirmar o contrário era como dizer que as estrelas faziam um percurso próprio, e não que permaneciam fixas para girar ao redor do nosso mundo.

O Urso tinha de estar errado. Contudo, acabei por achar que não fora tão ruim ter dado com ele. Com certeza, ele era um homem áspero e rude. As coisas que dizia deixavam-me confuso. Até o fato de ele me chamar de *Crispim* deixava-me perturbado.

Contudo, se o Urso me alimentasse e me protegesse, eu, no mínimo, conseguiria sobreviver. De qualquer modo, eu tinha pouca escolha. Deus desejara que assim fosse.

E, contudo, pensando no que ele havia dito, eu me dizia: se fosse para eu viver de perguntas, que perguntas seriam? A respeito de meu pai? E as coisas que o padre Quinel havia dito sobre minha mãe – será que eram verdade? E talvez, admito, eu me perguntasse sobre o *meu* destino.

25.

Quando acordei pela manhã, como tinha dedicado muito tempo às estranhas idéias do Urso, eu estava de mau humor, sem vontade de falar com ele. No entanto, ele me informou que era hora de começar a me ensinar algumas habilidades.

Ele me explicou como, ao chegar a uma aldeia, ele representava e dançava, indo direto para a igreja da localidade.

– Lá eu rezo, de preferência durante a missa.

– Achei que você não acreditasse nessas coisas – disse eu.

– O que eu *penso*, Crispim, está na minha cabeça. O que *faço* é para o mundo todo ver. É preciso que eu exiba o meu respeito.

— Eu não o entendo! — explodi, surpreso comigo mesmo. — Você me diz que eu não preciso ir à igreja. Depois fala como um padre. Quem é você?

— Um homem. Nem mais nem menos. E você?

— Nada.

— Por que você insiste nisso?

— Porque não tenho nome — respondi, colocando minha raiva para fora. — Não tenho casa, nem parentes, nem um lugar neste mundo. Sou um cabeça-de-lobo. Qualquer homem pode me matar quando quiser. Até você. Você diz que quer que eu faça coisas, pense em coisas. Mas, se eu não conseguir, vai me desprezar ou trair como os outros.

Eu nunca havia dito tanta coisa de uma só vez em toda a minha vida. Quando terminei, virei-me, alarmado por ter me dirigido a meu senhor daquela maneira.

— Crispim, em nome de todos os santos, você alguma vez já desejou ser algo diferente do que é?

— Devemos nos contentar em ser como Deus nos fez — respondi.

— E se Deus quiser que você melhore?

— Então, *Ele* fará isso.

— Crispim — disse ele, agarrando-me pelo pescoço e me arrastando. — Venha comigo.

Ele me levou até o regato de onde havíamos trazido água.

— Você tem alguma idéia de sua aparência? — perguntou.

— Um pouco, olhei-me no nosso rio. Mas não gosto de me olhar.

— Olhe para você mesmo — disse ele.

Intrigado, fiz o que ele me dizia, olhando para minha imagem na água corrente: meu cabelo longo, meu rosto sujo, arranhado e lavado pelas lágrimas, meus olhos vermelhos.

– Agora – ordenou –, lave o rosto, esfregue-o com areia. Lave, ou juro que eu mesmo lavo.

Depois que lavei meu rosto, ele puxou a adaga.

– O que você vai fazer? – gritei?

– Cortar o seu cabelo.

– Agora, olhe para você mesmo outra vez – disse, depois que terminou. – O que é que está vendo?

Examinei meu reflexo outra vez.

– Está diferente? – perguntou ele.

– Um pouco – respondi.

– E graças apenas a um pouco de água e uma lâmina. Pense em como você ficaria se conseguisse se livrar de treze anos de sujeira, desprezo e servidão.

Tornei a olhar para minha imagem. Ela estava diferente. Por um instante, permiti-me imaginar como seria mudar também o resto de mim.

– Como eu estava tentando lhe dizer – disse o Urso, interrompendo meus pensamentos –, quando chegarmos a uma aldeia, vou me dirigir ao padre, ao senhor local ou ao bailio. Ou ao magistrado, se necessário. A qualquer autoridade que possa me autorizar a trabalhar.

– E você... quer que eu vá junto? – perguntei.

– É claro.

– Mas, Urso – eu disse –, e se eu for reconhecido?

– Crispim, você está diferente. Quem o reconheceria agora?

— Qualquer pessoa de Stromford.

— Mas, por São Paulo, eles já se foram. Não vão tornar a perturbá-lo.

— Mas, e se *perturbarem*?

— Primeiro, você diz que não é nada. Depois, diz que meio mundo está procurando por você. Decida-se. Se é que vai conseguir.

— Mas, Urso — eu disse —, o administrador tentou me matar. Duas vezes. E, quando eu estava escondido na floresta, ele passou pela estrada. Tenho certeza de que estava me procurando.

Ele olhou para mim com malícia.

— Para uma criatura insignificante, você é bem pretensioso. Dê-me um motivo para eles se preocuparem com você.

— Eles acham que sou ladrão.

— Crispim, você roubou alguma coisa?

— Juro por Deus que não.

— Então é tudo blefe. Você só está sendo acusado do que alguma outra pessoa fez.

— Mas são eles que importam, não eu.

— Então vou fazer com que você importe — ele declarou. — Vou-lhe ensinar música.

— Não vou conseguir aprender — eu disse.

— Os passarinhos cantam? — ele perguntou.

— Sim — respondi.

— Eles têm alma?

— Acho que não — retorqui, um tanto confuso.

— Então, com certeza, você consegue cantar como eles, já que tem alma.

— Às vezes... acho que não tenho.

Pela primeira vez, o Urso não conseguiu retrucar.

— Em nome de São Ramiro, por quê?

— Eu... nunca senti minha alma.

O Urso olhou para mim em silêncio.

— Então — disse ele com uma voz rouca —, precisamos convencê-lo de que você tem alma.

26. Ele começou explicando-me os orifícios da flauta — as paradas, como ele os chamava — e a maneira de moldar minha boca ao redor do bocal, como deslocar os dedos, como produzir os diferentes sons.

Com relutância, eu pegava a flauta e, com os dedos moles como argila, tentava tocar. Tudo o que saía eram guinchos lamentáveis e estridentes.

— Está vendo? — eu dizia — não consigo. E devolvia-lhe a flauta.

Recusando-a, ele gritava a plenos pulmões e ameaçava me aplicar os piores castigos se eu não tentasse.

A princípio seus gritos me aterrorizavam. Mas, à medida que o dia avançava, percebi que, a maior parte do tempo, era só fanfarronada. Embora eu não tivesse dúvida de que ele poderia cumprir suas ameaças, seu comportamento era de uma delicadeza rude.

Quanto mais me dava conta disso, menos tenso eu ficava. Aos poucos, consegui controlar a língua, os dedos e o sopro. Antes da metade do dia, já consegui tocar uma melodia simples.

– Está vendo? Você conseguiu – ele exclamou quando eu consegui tocar pela primeira vez. – Vai me dizer que não ouviu?

Ninguém estava mais surpreso do que eu mesmo. Pensar que eu, com meu sopro, conseguia tocar uma melodia deixava-me profundamente perplexo. Eu queria repetir a melodia indefinidamente.

O Urso tratou de me fazer trabalhar com mais afinco. Então, enquanto eu tocava, ele começou bater no tambor para marcar o tempo certo.

Já estávamos no meio da tarde, e eu continuava a tocar, quando algo diferente aconteceu. Diante de meus olhos espantados, aquele homem enorme pulou e começou a dançar. Erguendo suas mãos enormes e os joelhos, movendo-se rapidamente, a grande barba vermelha flutuando ao vento, o chapéu de dois bicos movendo-se para cá e para lá, os guizos do chapéu tilintando, ele parecia um possuído. Embora fosse um gigante, parecia leve como uma pluma de ganso soprada pela brisa.

A cena deixou-me tão desconcertado que parei de tocar.

– Agora você sabe por que fiquei com você – disse ele com um sorriso.

Levei alguns segundos para entender completamente o que ele queria dizer: ele queria que *eu o* ajudasse.

– Toque, seu bobo – berrou. – É assim que deve ser.

Entusiasmado, recomecei a tocar, enquanto ele parava para apanhar suas bolas de couro. Então, além de dançar, começou a fazer malabarismos. Em seguida, começou a cantar:

> *"A Dona Fortuna é amiga e inimiga.*
> *Torna os pobres ricos, e os ricos, pobres.*
> *Transforma a miséria em prosperidade,*
> *E a alegria, em tristeza.*
> *Então, que ninguém confie nessa dama,*
> *Que não pára de girar sua roda!"*

Finalmente, ele parou.

Ofegante, deu-me um tapa nas costas e disse:

– É isso, Crispim, meu santo jovem, bobo e sem alma, você está vendo o que vamos fazer. Enquanto executo meu número, você toca flauta. Prometo que isso vai nos trazer muitas moedas, e nós, o Urso e seu filhote, vamos ficar ricos!

Suas palavras me fizeram sorrir.

O Urso esfregou as mãos.

– Meu Deus – gritou –, olhe só o Seu milagre. Este garoto infeliz conseguiu dar um sorriso!

Naquela noite, quando nos preparávamos para dormir, o Urso me informou que, no dia seguinte, chegaríamos a uma aldeia chamada Burley.

– Fica só a duas léguas daqui. Uma caminhada fácil – disse ele. – E fica na estrada principal para Great Wexly.

As notícias do Urso com relação ao dia seguinte deixaram-me nervoso. Desde que saíra de Stromford, ele fora a única pessoa que eu tinha encontrado. Mas não falei nada. Tive medo de que ele zombasse de meus temores.

Porém, depois que o Urso adormeceu, ajoelhei-me e, com a cruz de chumbo nas mãos, orei:

– Abençoado São Gil – sussurrei para a cruz –, permita que eu toque bem. Que eu não desaponte meu senhor. E suplico-lhe que me deixe ter uma alma, que eu também possa cantar e dançar como o Urso. São Gil, não permita que ele me traia.

27. Na manhã seguinte, partimos ao alvorecer e logo estávamos caminhando pela estrada de terra. Naquele lugar ela serpenteava entre colinas baixas, de modo que nunca tínhamos uma visão muito clara do horizonte. Só através das árvores conseguíamos avistar vestígios dos campos abertos.

Havíamos caminhado por pouco tempo, quando o Urso parou abruptamente.

– O que houve? – perguntei.

– Olhe – disse ele, apontando para o céu.

Não vi nada além de um bando de pombos voando lá em cima na direção oposta à nossa.

– Os pombos? – perguntei.

– Eles estão agitados por causa de alguma coisa.

– Do quê?

– É o que precisamos descobrir – disse ele. – Fique perto de mim. – De um salto, saiu da estrada e eu o acompanhei. Ele me levou até um pequeno bosque, grande o suficiente para nos esconder. Quando chegamos lá, espiou a estrada. Sem falar, apontou uma colina além do campo mais próximo. Quando balancei a cabeça mostrando que entendia o que ele pretendia, o Urso correu na direção da colina. Eu permaneci perto dele.

Ao chegarmos ao pé da colina, ele se agachou. Fazendo sinal para que eu deixasse a sacola no chão, ele começou a escalá-la.

Quando alcançamos o topo, ele tirou o chapéu e ergueu a cabeça. Depois de observar por alguns instantes, virou-se, fez sinal para que eu me aproximasse e sussurrou:

– Dê uma olhada, mas cuidado para não ser visto.

Com cautela, ergui a cabeça.

O que vi diante de mim era a estrada pela qual estivéramos caminhando, mas um pouco adiante. Em um lugar que antes não conseguíamos avistar havia uma pequena ponte de madeira sobre um rio. Cerca de doze homens estavam ali. Alguns estavam sentados no chão. Outros, de pé na ponte. Todos estavam armados com espadas e lanças. Era como se estivessem esperando alguém.

Consegui reconhecer um deles.

– Urso – sussurrei, com o coração aos saltos –, é John Aycliffe. O administrador da aldeia de Stromford.

O Urso olhou para mim, mas de uma maneira diferente, e depois para os homens. Puxando meu braço, fez que eu o seguisse.

Descemos parte da colina e paramos em um lugar onde não seríamos vistos. Ele sentou-se em silêncio enquanto eu esperava ansiosamente que me dissesse o que fazer.

– Crispim – ele disse com grande solenidade –, os homens nunca são perfeitos. Em minha vida já fiz coisas de que me envergonho e coisas que Deus todo-poderoso um dia vai aprovar. Você disse que eles o declararam cabeça-de-lobo porque você roubou. Você nega que seja ladrão. Não sou eu que devo puni-lo. Isso cabe a Deus. Mas preciso saber a verdade: por tudo o que é sagrado, você fez ou não fez o que eles dizem?

A maneira como ele falou afligiu-me. Mesmo assim, consegui dizer:

– Não fiz.

Ele suspirou e balançou a cabeça.

– Acredito em você. Mas não faz sentido. Eles deveriam estar contentes por você ter fugido. Quando muito, você é uma pedra no sapato. Por que estão procurando por você com tanto empenho? – pensou em voz alta. – E por que acham, ou se importam, que você está indo para Great Wexly?

– Como é que eles souberam?

– Esta é a única estrada – ele explicou. – Você tem alguma coisa a dizer?

– Eu lhe disse que eles viriam atrás de mim.

– Você tinha razão. Eu deveria ter lhe dado ouvidos. Mas, Crispim, deve haver mais alguma coisa por trás disso, alguma coisa que você desconhece.

Por mais satisfação que eu sentisse por ele admitir que eu estava certo, empalideci devido à sua preocupação.

– O que vamos fazer? – perguntei.

– Não vamos mais continuar por essa estrada – ele respondeu. – Isto é certo. Mas eu preciso prosseguir. É melhor irmos por ali – disse ele, apontando para além dos campos, na direção de um bosque. – Isso vai nos afastar desses homens... e do seu administrador.

Sem mais delongas, ele levantou-se e começou andar a grandes passadas. Apressei-me em acompanhá-lo, olhando para trás diversas vezes.

À medida que avançávamos, eu pensava em como o Urso havia notado os pássaros, o que lhe permitiu ver os soldados. Dizia-me que, se quisesse continuar vivo nesse novo mundo, precisava aprender as suas habilidades. Quanto mais cedo eu aprendesse, mais longa seria minha vida.

28. Pelo resto do dia, avançamos sem usar estradas. Algumas vezes deparávamos com trilhas estreitas, que seguíamos por pouco tempo. E o Urso continuava caminhando sem que eu atinasse com outro motivo para isso além de nos afastarmos cada vez mais do administrador. Enquanto andávamos, ele mal falava.

– Você sabe para onde estamos indo? – perguntei por fim.

– Para onde você possa continuar vivo – ele respondeu.

Já estava escurecendo quando ele finalmente achou que poderíamos parar. Começara a chover. A garoa triste fazia as folhas pingarem com uma monotonia irritante. Diante de uma fogueira baixa e brilhante, que faiscava em meio à umidade, comemos dois pequenos pombos que o Urso conseguira apanhar numa armadilha.

Talvez para me distrair das minhas preocupações, ele me mostrou como fazia sua armadilha com alguns fios longos de crina de cavalo que levava na sacola. Depois de prender os fios, fazia um laço com eles, o que lhe permitiu apanhar – com grande destreza – os dois pombos, sem que eles sequer percebessem que estavam em perigo. Acompanhei toda a explicação com muita atenção.

Depois de comer, ficamos cada um de um lado da fogueira, procurando nos aquecer o máximo possível. O Urso estava num estado de espírito solene e falava muito pouco, aparentemente imerso em seus próprios pensamentos.

– Agora você acredita em mim? – perguntei.

– Com relação a quê?

– Que eles estão me procurando.

– Acredito – ele respondeu.

Deitei-me e relembrei o que havia acontecido na floresta de Stromford.

– Urso – eu disse me erguendo. – Acabei de me lembrar de mais uma coisa.

– Do quê?

– O homem que o administrador encontrou na floresta tinha um cavalo. Um cavalo muito bom. Ele deve ser um homem de muitas posses.

O Urso deu de ombros.

Então eu disse:

– Gostaria de saber o que era o documento que o estranho mostrou para John Aycliffe. Embora, mesmo que eu o tivesse visto, não conseguiria lê-lo.

– Com o tempo, ensino-o a ler – ele disse.

– Urso?

– Sim, garoto? – ele respondeu, sonolento.

— Lembrei-me de outra coisa. Antes de eu fugir, o padre me disse que minha mãe sabia ler e escrever.

— Como é que uma pobre camponesa poderia saber isso?

— Não sei. Nunca a vi lendo ou escrevendo. Mas o padre Quinel insistiu que era verdade.

— Ele a ensinou?

— Ele não me disse. Mas insistiu que foi ela que escreveu na minha cruz.

O Urso coçou o rosto e a barba; depois, virou de lado.

— Já chega – ele disse. – É melhor a gente dormir. Se quisermos permanecer vivos, precisamos encontrar uma aldeia logo.

Como sempre, antes de me deitar, tirei a cruz da bolsinha pendurada em meu pescoço, coloquei-a entre as mãos e comecei a rezar.

— Crispim! – ouvi o Urso gritar.

Olhei em sua direção.

— Dê-me essa cruz.

Lembrando o que ele havia dito sobre cruzes e preocupado com que ele pudesse danificar a minha, repliquei:

— Prefiro não dar.

— Dê-me essa cruz! – ele grunhiu.

— Ela é muito preciosa – para mim – argumentei, segurando-a com força.

— Em nome de Deus – disse ele. – Eu não vou fazer nada com ela.

— Você jura?

— Pelas chagas de Cristo – ele respondeu.

Embora relutante, entreguei-lhe o que me pedia. Pegando a cruz com suas mãos enormes – nas quais ela parecia ainda menor do que era –, ele a examinou com seus olhos penetrantes e também a sentiu com os dedos. Em seguida, aproximou-a do fogo.

Sabendo que ela podia derreter com o fogo, eu gritei:

– Não a jogue no fogo!

Sem me dar atenção, ele manteve a cruz na palma da mão, de forma que ela fosse iluminada por nossa pequena fogueira, e examinou-a com os olhos semicerrados. Foi quando percebi que ele estava lendo as palavras.

– Você consegue ler o que está escrito aí? – perguntei.

Ele não respondeu. Só devolveu-a a mim.

– A luz está muito fraca – disse ele. – E eu preciso dormir. – Com isso, deitou-se de lado novamente e fechou os olhos.

Olhei para ele e para a cruz, certo de que ele havia descoberto alguma coisa que não estava preparado para revelar.

29.

De manhã, o Urso estava muito reticente. Mais de uma vez, enquanto nos preparávamos para prosseguir nossa jornada, notei que ele estava me observando achando que eu não o estava percebendo. Mas não disse nada, e decidi não perguntar nada. Já o conhecia bem o suficiente para saber que ele só falava quando queria.

Cruzamos morros e florestas, até que, por fim, chegamos a uma trilha estreita e sinuosa. O Urso fez uma pausa na marcha.

– Vamos por aqui – anunciou. – Esta trilha deve nos levar a algum lugar.

Realmente, no meio da manhã ouvimos o dobre distante de um sino. Paramos.

– Deve haver uma aldeia a cerca de uma milha – avisou o Urso. – Você se lembra de tudo o que eu lhe disse quanto à maneira como devemos entrar numa aldeia?

– Acho que sim.

– Toque suas melodias – disse ele.

Tirei a flauta e toquei. Ele ouviu com atenção.

– Meu Deus – ele espantou-se. – Como você aprendeu bem! Vamos ficar ricos se você fizer tudo o que eu lhe ensinei.

Ele parecia nervoso, o que era raro.

– O que está havendo? – perguntei.

– Crispim – ele disse com solenidade –, se houver algum problema, nunca se preocupe comigo. Apenas fuja.

– Fugir? – perguntei, surpreso. – Do quê?

– Se alguém tentar lhe fazer algum mal ou prendê-lo.

– Mas para onde devo ir?

Ele pensou por alguns instantes.

– O mais para o norte que conseguir.

– Por que para o norte?

– Você vai estar seguro fora deste reino.

– Mas nós não vamos para Great Wexly?

– Vamos. No dia 23 de junho, na véspera do dia de São João Batista.

– Por que nesse dia? – eu perguntei.

– Porque, como é dia de São João, a cidade vai estar cheia, com uma grande feira e festividades. Isso é sempre bom para os jograis. Vamos nos dar bem. E, como eu lhe disse, tenho de resolver algumas coisas com um homem.

— Que homem?

Ele coçou a barba.

— É um assunto particular. — Então, acrescentou, como se quisesse me tranqüilizar: — Eu prometi que estaria lá e devo cumprir minha promessa.

Mais uma vez ele estava sendo evasivo, como quando lhe perguntei o que estava escrito em minha cruz.

— Isso não é tudo, não é?

— Crispim, eu faço parte de uma... confraria, que pretende melhorar as coisas. Provocar mudanças.

— Nada muda nunca — disse eu, achando que não tinha entendido.

Ele olhou para mim com um sorriso.

— Você não mudou?

— Um pouco — admiti.

— Crispim, eu só quero tornar possível um pouco dessa liberdade que você busca. — Ele estudou o céu como se nele pudesse encontrar alguma resposta. — Mas acho que ainda não chegou a hora.

— Você está contando com algum imprevisto, não é?

Embora eu soubesse que ele tinha ouvido minha pergunta, ele agiu como se não tivesse.

— *Lá existe* algum perigo para mim? — insisti.

— Por São Pancrácio! — ele exclamou. — Fiquei preocupado quando vi aqueles homens esperando por você na ponte.

— Eles estavam esperando por mim. E quanto a você?

Ele deu de ombros.

– Eu nunca temo por mim.

– Por quê?

– Eu faço minhas escolhas.

– Então você teme por mim na cidade?

– Talvez.

– Por quê?

– Crispim, quando se trata de assuntos deste mundo, eu só me preocupo com o que não consigo entender.

– E...?

– Não consigo entender sua... inocência. Neste mundo impiedoso, acho a inocência mais intrigante que o mal.

– E temos mesmo de ir até lá?

– Crispim, eu lhe disse, prometi a essa... confraria que observaria o reino durante as minhas viagens. Que eu lhes levaria as conclusões dessas observações. Estou tentando manter minha palavra. Eles estão me esperando. – Ele apanhou um pouco de terra e a esfregou entre as mãos. – Preciso dar-lhes minha contribuição contando-lhes minhas conclusões. É só isso.

– Você leu o que está escrito em minha cruz – eu disse. – O que diz?

Ele deu um sorriso amarelo.

– Crispim, se quisermos sobreviver, está na hora de trabalhar.

– Urso...

– Já chega – interrompeu-me ele com súbita autoridade e afastou-se.

30.

Logo nos aproximamos dos limites arborizados de uma aldeia. Seu nome era Lodgecot, como depois soubemos.

Depois das árvores, vimos campos cultivados. Homens, mulheres e crianças trabalhavam neles – como em Stromford –, arando, semeando e capinando. As roupas que usavam também eram idênticas às usadas em minha aldeia. Aqui e ali carneiros e vacas pastavam. Achei maravilhoso conhecer outras partes do mundo, embora elas me parecessem tão familiares.

Enquanto passávamos pelos campos, as pessoas interrompiam seu trabalho para olhar para nós. A princípio o Urso ignorou-as. Só quando nos aproximamos da aldeia, ele parou e observou o lugar.

– Não estou vendo nenhum sinal de encrenca – disse ele.

Também observei o lugar.

– Que tipo de encrenca? – perguntei.

– Gente procurando por você. Agora, toque.

Embora nervoso, levei a flauta à boca e comecei a tocar. Enquanto eu tocava, o Urso começou a dançar. Foi assim que entramos na aldeia.

Se a aldeia de Lodgecot fosse trocada por Stromford, acho que o mundo nem notaria. Ela continha o mesmo aglomerado de casinhas ao longo de uma única rua, com apenas uma ou duas construções maiores do que as restantes. Todas as casas tinham telhado de colmo e paredes de barro rebocadas. Uma igreja de pedra com uma torre atarracada erguia-se próximo do centro da aldeia. Numa colina baixa, não muito longe, vi uma mansão. Era maior do que as outras casas, mas não muito.

Quando entramos na aldeia, cachorros, porcos e crianças aproximaram-se de nós com uma crescente curiosidade de farejadores. Mas tiveram o cuidado de se manter a distância. Era difícil dizer quem estava mais sujo, as crianças ou os animais.

As mulheres saíam das casas cautelosamente para nos olhar, mantendo as crianças menores atrás das saias. Uma delas sussurrou algumas palavras ao filho, que correu prontamente em direção à igreja.

Lembrando o que ele havia me recomendado, sem parar de tocar, também me encaminhei para a igreja. Quando nos aproximávamos dela, um padre surgiu, sem dúvida alertado pela criança. Era mais jovem que o padre Quinel, baixo, magro, com grandes olhos redondos e exibindo os sinais de uma barba malfeita. Não parecia muito limpo. Suas roupas estavam bastante sujas. Com o cenho franzido, colocou-se diante da porta da igreja, as mãos entrelaçadas sobre o peito.

Eu me pus de lado e deixei que o Urso se aproximasse. Ele foi dançando até diante do padre e então, para minha surpresa, deteve-se e caiu de joelhos, tirando o chapéu.

Parei de tocar e desejei que meu mal-estar não fosse notado.

– Reverendíssimo padre – disse o Urso, num tom de voz que todos os observadores conseguiam ouvir –, eu, conhecido como o Urso, sou malabarista. Meu filho e eu somos da cidade de York e estamos indo para Cantuária a fim de cumprir uma penitência. Humildemente pedimos sua bênção.

O padre ficou visivelmente comovido.

– Meu filho e eu solicitamos sua graciosa permissão para executar algumas canções e danças simples para a maior glória de Deus, para essa aldeia e para sua graça, o rei Eduardo, o rei guerreiro da Inglaterra, com quem tive a honra de lutar nos vitoriosos campos de França.

Então, o Urso fez uma reverência, virando um pouco a cabeça para me observar. Acho que ele até piscou um olho.

O padre olhou para o Urso, depois para mim e novamente para o Urso.

– Você sabe canções sacras?

– Sei – disse o Urso. Com as mãos postas como se estivesse rezando, começou a cantar:

> *Virgem Maria, graciosa e livre,*
> *Mensageira da Trindade,*
> *Que se digna a dar-me ouvidos*
> *Quando a saúdo com minha canção,*
> *Embora meus pés sejam impuros*
> *E minha esperança ainda não realizada.*
> *Tu és a rainha do Paraíso,*
> *Dos céus, da Terra e de tudo o que existe.*
> *Tu, que geraste o Rei da glória*
> *Sem pecado ou mácula,*
> *Protege todos os pobres*
> *E garante-nos a vida eterna.*

Ao terminar sua canção, o Urso inclinou-se, persignou-se e cruzou as mãos sobre o peito: a própria imagem da humildade.

O padre ficou claramente satisfeito. Sorrindo, ergueu as mãos sobre a cabeça do Urso e proferiu uma bênção.

Em seguida, o Urso ergueu-se e de um salto acenou para mim, o que entendi como um sinal para que eu continuasse a tocar, o que fiz com entusiasmo.

Em pouco tempo, a maioria das pessoas da aldeia havia se agrupado em torno de nós num grande círculo. Junto a ele, eu executava a música, enquanto o Urso dançava no centro. No meio da dança, ele apanhou as bolas de couro e começou a fazer malabarismos.

Ouvi "ohs" e "ahs" da multidão, quando o Urso acrescentou a terceira bola e, em seguida, a quarta. Então, quando ele deu um passo à frente e arrebatou um caneco das mãos de um dos espectadores, acrescentando-o às bolas, ouviram-se risos e aplausos.

O rapaz de quem ele arrebatara o caneco era baixo e caolho, com um tapa-olho sobre a órbita vazia. Sua barba era rala e desgrenhada, o que o fazia parecer mais velho do que era. Embora os outros estivessem encantados com os truques do Urso, aquele jovem sentiu-se ofendido com o gesto do malabarista e, com uma raiva crescente, tentou por três vezes recuperar seu caneco.

A cada tentativa, com grande destreza, o Urso parecia oferecer-lhe o caneco, mas, no último instante, jogava-o para cima. Isto provocou grande alegria na multidão, mas também um crescente ressentimento no rapaz.

Por fim, murmurando pragas, o jovem se afastou. Ninguém pareceu se importar com ele.

Atento ao que me fora ensinado, aproximei-me do Urso. Ainda dançando e fazendo malabarismos, ele inclinou a cabeça para que eu lhe tirasse o chapéu. Segurando-o diante de mim e sem dizer nada, passei-o para recolher as moedas. Para minha grande satisfação, jogaram-nos algumas e também um pouco de pão.

Quando o Urso finalmente encerrou seu número, todo suado, as pessoas se reuniram ao seu redor, e até as crianças me cercaram e me crivaram de perguntas.

"Como é o seu nome?" "De onde vocês são?" "Para onde estão indo?" "Onde vocês aprenderam essas coisas?" "O seu pai é o maior homem do mundo?" foram algumas das perguntas que me fizeram.

Comecei a responder com sinceridade, mas logo me contive e disse um outro nome. Um outro lugar. Quanto ao Urso, lembrando-me o que ele havia dito, confirmei que era meu pai.

Por fim, o Urso chamou-me para junto de si. Conduzidos pelo padre – que agora era todo sorrisos –, entramos na igreja. Muitas pessoas da aldeia seguiram-nos. Notei que uma delas era o rapaz caolho, que havia retornado. Ele olhava para o Urso com tanta malevolência que achei que ele podia representar algum perigo.

A igreja era como a de Stromford, embora com imagens diferentes nas paredes. Em particular, havia uma visão de Jesus descendo ao inferno, com os demônios assustados demais para contemplá-lo.

Diante do altar, o Urso e eu nos ajoelhamos, e eu, pelo menos, orei.

– E para onde vocês vão agora? – perguntou o padre.

Os espectadores pareciam tão interessados em nossas respostas quanto o padre.

– Para Great Wexly, para a feira da festa de São João Batista – disse o Urso –, mas sempre com a intenção de chegar à Cantuária – acrescentou.

– Há muitas aldeias nas redondezas – informou-nos o padre. – Mas vocês precisam tomar cuidado com um famoso assassino.

Eu, que estivera olhando as imagens nas paredes, tornei a prestar atenção na conversa.

– O que o senhor quer dizer com isso? – perguntou o Urso ao padre.

– Numa aldeia ao norte daqui, não sei bem qual, um menino enlouqueceu. Depois de roubar a mansão de seu senhor, matou um padre.

A toda pressa, abaixei os olhos, temendo me delatar. Mas, ao fazê-lo, percebi que o rapaz caolho estava me fitando.

– Que Deus nos proteja a todos – gritou o Urso horrorizado e fazendo o sinal-da-cruz. – Ninguém conseguiu encontrá-lo?

– Ninguém sabe para onde ele fugiu – disse o padre. – Mas um funcionário esteve aqui, junto com um grupo de homens armados. Disseram que o rapaz é muito perigoso. Foi declarado cabeça-de-lobo. Há uma recompensa de vinte xelins por sua captura, vivo ou morto.

– Fico grato por sua advertência – disse o Urso impassível. – Adoraríamos ganhar essa recompensa. Como se chama o senhor deste lugar?

– Lorde Furnival – respondeu o padre. – E, embora ele esteja fora há quatorze anos, soubemos que, graças a Deus, apesar de gravemente enfermo, ele por fim voltou à Inglaterra. Rezamos diariamente para que ele se recupere e para que voltemos a vê-lo em breve.

– Deus é generoso para os que O amam – disse o Urso.
– Como o senhor soube dessas novidades?
– Ele mandou um mensageiro, um homem chamado du Brey.

Com um palavreado gentil, o Urso despediu-se do padre. Misturou-se às pessoas da aldeia e fez-lhes muitas perguntas, sobre as plantações, a colheita e a vida que levavam.

E, embora eu desejasse desesperadamente falar com ele, mantive-me afastado.

31. Naquela tarde, enquanto saíamos da aldeia, o Urso pediu-me que eu tocasse. Assim, despedimo-nos da aldeia da mesma forma que a ela chegamos, eu tocando e o Urso dançando. Desta vez, fomos seguidos por uma multidão de crianças alegres.

Aos poucos, as crianças foram nos abandonando. Só quando ficamos completamente sozinhos o Urso parou de dançar. E eu também parei de tocar.

– Você ouviu? – disse eu de imediato. – Eles estão me acusando de matar o padre Quinel.

– Eu ouvi.

– O padre também disse que Lorde Furnival é o senhor daqui. Como pode?

– Esses senhores do reino possuem mais terras do que o próprio Deus. Agora temos que nos apressar.

– Mas, quando o padre mencionou o mensageiro que foi mandado a eles, eu reconheci o nome.

– É mesmo?

– Foi o homem que John Aycliffe, o administrador de minha aldeia, encontrou na floresta. O padre Quinel disse o nome dele. E observei que aquele rapaz caolho, aquele que você atazanou, estava prestando muita atenção em mim.

O Urso deu de ombros.

– Somos estranhos. Para alguns, os estranhos são sempre uma ameaça, e é assim que nos vêem. Não dê muita importância a isso.

– Mas você disse que estamos indo para Great Wexly.

– Foi um pequeno deslize.

– Urso...

– O quê?

– Você também me chamou de seu filho.

– Ah, Crispim, você podia ter se saído pior. Muito pior. – Geralmente, uma observação dessas era acompanhada de uma risada. Desta vez ele estava muito sério.

– Como eu me saí? – perguntei.

– Muito bem.

Meu coração encheu-se de orgulho.

– Não deveríamos estar preocupados?

– Crispim, existe um velho ditado entre os soldados que diz: "Se você tiver que escolher entre ficar alerta ou preocupado, ficar alerta vai lhe trazer mais dias de vida." Agora, o que é mais importante, vamos ver quanto ganhamos.

Eu tinha me esquecido completamente disso. Ajoelhando-se no chão, o Urso esvaziou sua sacola. Havíamos ganhado quatro moedas de prata, quatro centavos e seis pães.

– É bastante – eu disse.

– Não estou tão impressionado – ele respondeu. – Mas pense, Crispim, que isso pertence só a nós. Pagamento honesto por um trabalho honesto. E você também merece parte dele – disse o Urso, entregando-me uma moeda de prata.

– Mas eu sou seu servo – disse eu.

– Ah, você fez por merecer – ele retorquiu, dobrando meus dedos ao redor da moeda. – E somos homens livres.

Olhei para a moeda na palma de minha mão.

– Você tem certeza disso?

– Você não trabalhou com afinco?

– Tentei.

– Então você a merece. Agora vamos, pois precisamos ganhar mais.

Tornamos a caminhar; eu estava extasiado com a idéia de que éramos realmente livres. Então, quando me lembrei de que ainda era um cabeça-de-lobo e estava sendo perseguido, o brilho do momento se esvaiu.

32.

Nos vinte dias seguintes, avançamos ora por estradas, ora por trilhas. Muitas vezes atravessamos campos abertos e bosques. O Urso não queria prosseguir em linha reta.

Nesse meio-tempo, apresentamo-nos em muitas aldeias. Todas as apresentações eram bastante parecidas com a primeira, embora o Urso afirmasse que eu estava melhorando e chegasse a sugerir que eu tinha talento. Ele me ensinou novas melodias e, certa vez, eu fiz os malabarismos enquanto ele tocava. O número de nossas moedas aumentava. Nunca eu havia me sentido tão livre. Nunca experimentara uma alegria tão constante.

Então, certa noite, o Urso me perguntou:

– Crispim, o que você sabe de armas?

Sua pergunta pegou-me de surpresa.

– O que você quer dizer com isso?

– Armas. A espada, a adaga, o arco.

– Nada.

– Já é hora de aprender.

– Mas... por quê? – eu perguntei.

– Como você ainda é um cabeça-de-lobo, é bom que tenha presas afiadas. Elas podem ser úteis.

Era difícil dizer o que me incomodava mais: as armas; o manejo delas; a idéia de que eu poderia precisar delas; ou o fato de eu correr tanto perigo que não tinha outra escolha além de usá-las.

Mas acabei aprendendo a manejá-las.

Numa outra ocasião, quando estávamos diante de nossa fogueira noturna, ele pegou linha e agulha para consertar os buracos de suas calças. Depois que terminou, pedi-lhe que me ensinasse a costurar. Ele ensinou, sempre rindo muito e me fazendo sentir frustrado.

Certa vez eu lhe perguntei como ele havia aprendido a falar de maneira tão desenvolta, não apenas com os estranhos, mas até com os de categoria mais elevada.

– Tudo está nos olhos – disse ele.

– O que você quer dizer com isso?

– Quando você tem fé, Crispim, tem o olhar servil. Quando nos vimos pela primeira vez, você manteve os olhos fixados no chão como se o chão fosse o lugar a que você pertencia.

– Para onde eu deveria olhar?

– Ouvi dizer que a alma de um homem pode ser observada pelos olhos.

– É verdade?

Talvez. Tudo o que eu sei é que, quando olho para um homem e ele se recusa a olhar para mim, não consigo ver sua alma. Considero-o então sem alma e ajo de acordo com essa consideração. Portanto, é preciso que você aprenda a deixar as pessoas verem o que está dentro de você.

– Não sei se consigo.

– Você também duvidou de que seria capaz de tocar flauta.

– Então, de hoje em diante, quando eu falar com você – eu disse –, diga "os olhos!" se eu olhar para os lados ou para baixo.

Ele riu alto.

– Prometo. – E foi o que ele fez.

Então, certo dia, eu lhe pedi que me ensinasse a fazer as armadilhas que ele usava para pegar coelhos e aves.

– Será que eu não estou caçando o suficiente? – ele perguntou.

– Você só me apanhou naquela aldeia abandonada – eu respondi – porque eu não tinha comida. E se eu tornar a ficar sozinho?

Ele me olhou com curiosidade.

– Você tem razão – disse ele, com um sorriso triste, e começou a me ensinar mais essa arte.

Em dois locais onde nos apresentamos, tivemos mais notícias de minha perseguição. Embora não se tratasse de nenhuma novidade, significava que ainda estavam me procurando.

Certa noite, um pouco antes de se preparar para dormir, o Urso disse:

– Crispim, amanhã vamos entrar em Great Wexly.

– O que vai acontecer lá? – perguntei.

– Só Deus sabe... – ele respondeu. – Mas – acrescentou – se você rezar hoje, peça que o diabo não fique sabendo primeiro.

Isso me trouxe à mente as imagens dos demônios da igreja de Lodgecot.

– Urso – perguntei –, como você acha que é o demônio?

– Acho que os rostos do demônio são tão numerosos quanto os pecados. No momento, contudo, acho-o parecido com lorde Furnival.

– Por que ele?

– Boa parte das terras por que passamos e das misérias que vimos pertencem a ele. Ele trata mal o povo.

– Urso, você... não me trairia... não é mesmo?

Ele me olhou zangado.

– Como é que você pode me fazer uma pergunta assim?

– Desculpe-me – retorqui. – Deixei escapar.

– E você acha que eu o trairia?

– Eu... não quero que isso aconteça.

Franzindo o cenho, ele considerou-me por alguns instantes.

– Crispim – ele disse –, quero que você saiba que me preocupo com você. Talvez você se lembre de como eu era no começo. E o diabo sabe como demoro a me afeiçoar a alguém. Para dizer a verdade, você é ignorante como um nabo, ou talvez um repolho, mas tem um coração de carvalho, embora ainda seja uma bolota tão pequena. – O que você acha de ser meu aprendiz? Ensino-lhe o que sei, a fazer malabarismos, a cantar e a dançar. E a tocar música. Vou ser seu professor, e não seu senhor. Você gostaria disso?

– Muito – respondi, quase incapaz de falar.

Ele estendeu-me sua mão enorme. Apertei-a.

– Então, está combinado – ele disse. – Daqui por diante você é o meu aprendiz.

Então ele se deitou e tratou de dormir.

Eu não consegui adormecer.

Ainda que me sentisse entusiasmado com a promessa do Urso, também estava muito nervoso. Será que eu deveria confiar nele?

Tateando, procurei minha cruz e preparei-me para rezar pedindo orientação, mas me vi hesitando. Eu já havia pedido tanto a Deus, e Ele havia me dado coisas em abundância. Talvez fosse hora de *eu* tomar minhas próprias decisões.

Com esse pensamento, guardei a cruz e respirei fundo. Eu confiaria no Urso. A decisão seria minha, só minha. Porém, ficaria alerta para tudo que ainda pudesse acontecer.

Tomada a minha decisão, deitei-me e fiquei olhando para as estrelas até adormecer.

33.

Quando partimos bem no início da manhã do dia seguinte, o céu estava cinzento e cheio de nuvens impelidas pelo vento. A estrada era lamacenta, o ar estava úmido e pesado. Sentia-me muito ansioso. Embora o Urso tentasse mostrar-se alegre como de hábito, eu percebia que ele também estava inquieto. Porém, nada disse.

A princípio caminhávamos sozinhos, como de costume. Ao meio-dia, contudo, outras pessoas juntaram-se a nós na estrada estreita. À medida que nos aproximávamos de Great Wexly, o número delas aumentou.

Ver tanta gente junta só incrementou minha inquietação. O Urso, que já me conhecia bem, tratou de me acalmar.

– Você não tem com o que se preocupar – tranqüilizou-me. – Vai estar em segurança. Em nome de Jesus, eu lhe garanto isso.

À medida que a estrada se alargava, enchia-se de gente cada vez mais. Sabendo como eu ignorava as coisas, o Urso tentou me explicar o que estávamos encontrando pelo caminho.

– Aquele ali é um peregrino – disse ele, apontando um homem que caminhava muito devagar, com a cabeça baixa. – Observe suas roupas cinzentas, bem como a pesada cruz de metal pendurada em seu pescoço. Com o capuz na cabeça e os olhos voltados para o chão, ele, com certeza, está refletindo sobre seus muitos pecados. Ao que parece, ele provavelmente precisa ir até Avinhão para ver o Papa em seu palácio francês, ou talvez até Jerusalém.

Uma carruagem fechada aproximou-se, com as rodas recobertas de ferro, uma coisa que eu nunca tinha visto e que me encantou. Puxada por grandes cavalos, estava cercada por um grupo de homens armados com punhais. A carruagem, contou-me o Urso, conduzia "alguma senhora rica, em busca do marido inconstante".

– Como é que você sabe?

– Só estou conjeturando.

– Será que ele também é rico?

– Talvez – disse ele rindo. – E talvez também esteja procurando a esposa inconstante.

Havia muitos camponeses com cestas e sacos nas costas. Uma mulher que vi carregava dois baldes, pendurados nas pontas de uma vara, que ela equilibrava nos ombros. Algumas pessoas caminhavam ao lado de seus carrinhos. Outras os empurravam. Outras os puxavam. As crianças também se encarregavam da tarefa.

O Urso apontava os mercadores londrinos, flamengos e italianos, identificando-os por meio de suas roupas ou adereços. Também havia uma grande variedade de padres, freiras e monges.

Um monge usava o hábito negro da ordem dos beneditinos. Um dominicano – "eles pregam bem" – estava de branco. Outro usava roupas grosseiras e marrons, e sandálias nos pés. – É um frade mendicante da ordem de são Francisco – explicou o Urso. – Eles fazem voto de pobreza. Que Deus sempre seja bom com ele e com os de sua ordem.

Ele me fez dar uma moeda ao frade.

Alguns funcionários públicos, disse ele, eram do condado. Um ou dois, a cavalo, segundo ele, vinham do palácio real de Westminster, perto de Londres.

– Você já esteve lá? – perguntei.

– Estive – respondeu ele, como se fosse uma coisa corriqueira.

Havia comerciantes, latoeiros, pedreiros e carpinteiros, que carregavam coisas de todos os tipos.

O Urso mostrou-me um médico, um advogado e um boticário. Um homem, escarranchado sobre um cavalo enorme, segundo ele, era o coletor de impostos. Estava bem guardado por homens armados. O simples fato de vê-lo deixou o Urso irritado.

Às margens da estrada havia muitas pessoas apregoando suas mercadorias, expostas em barracas, mesas baixas, pedaços de pano ou mesmo no chão. Em sua maioria, estavam vestidas mais humildemente que as outras que eu vira.

Um grupo de soldados usando elmos passou por nós. Gritavam, irritados, e empurravam as pessoas para os lados à medida que avançavam. Em suas mãos carregavam longos arcos de teixo e coldres com flechas nas costas.

Além do grande número de pessoas, o que mais me impressionou foram as várias maneiras como elas se vestiam, os tecidos de uma grande variedade de cores, cores que eu nunca vira antes e cujos nomes me eram desconhecidos. Era como se arco-íris tivessem baixado na terra, envolvendo essas pessoas e se exibindo pela rua. Logo percebi que não eram apenas as palavras que eu tinha que aprender a ler, mas também o que as pessoas vestiam.

– A cidade vai ficar lotada – disse o Urso. – Você vai ver. As pessoas vêm para cá de longe. – Ele parecia satisfeito.

Embora tudo o que eu via me afligisse, eu também estava fascinado. Na verdade, procurei ficar perto do Urso enquanto ele avançava dando largas passadas. Quando as pessoas o viam, apressavam-se em se afastar, olhando para ele com admiração. Isso fazia que eu me sentisse orgulhoso. E seguro.

A cidade de Great Wexly surgiu diante de nós como se tivesse brotado do chão. Suas muralhas de pedras marrons eram imensas, estendendo-se até onde a vista alcançava.

– Até onde vão essas muralhas? – perguntei, pois nunca tinha visto nada tão grande.

– Elas formam um grande círculo em torno da cidade – respondeu o Urso.

– Por que um círculo?

– Para manter os inimigos fora dela. E dentro dela – acrescentou, depois de uma pausa.

Observei as torres erguendo-se acima das muralhas, algumas com cruzes das quais pendiam uma profusão de estandartes multicoloridos, agitados pelo vento. Parecia estranho, mas isso me fez pensar que a cidade tinha cabelos compridos, e cada sopro do vento revelava uma faixa de uma outra cor. Também vi muitos telhados. Tudo parecia incomensurável.

A essas alturas, o número de pessoas na estrada havia aumentado muito, e ela ficara apinhada. Um clamor constante enchia o ar. Eu ficava me virando, tentando ver e ouvir tudo, além de perguntar ao Urso o que era isto e aquilo. Mas ele, agora sem disposição de responder às minhas perguntas intermináveis, caminhava em silêncio. Tratei de me apressar para acompanhá-lo e não ficar para trás.

Quando chegamos mais perto das muralhas, as pessoas começaram a se espremer formando um funil. Perguntava-me o motivo daquilo, quando vi a entrada da cidade diante de nós. Construída na grande muralha, era um túnel comprido que revelava como as muralhas eram grossas.

– O Portão do Bispo – disse o Urso.

Essa entrada consistia em duas enormes portas de madeira negra, cada uma delas salpicada de parafusos de ferro. As portas estavam escancaradas e encostadas na muralha. Por trás delas, uma grade levadiça que parecia dentes prontos para morder havia sido erguida até a metade.

Acima da entrada havia um desenho que, pelos símbolos que ostentava, parecia um escudo. Um pano negro o envolvia. O Urso o considerou atentamente, mas, quando comecei a lhe perguntar o que significava, percebi que ele havia desviado o olhar para o portão.

Segui seu olhar. Soldados com o peito coberto por placas de ferro guardavam a entrada. Nas cabeças, elmos de metal pontudos. Nas mãos, lanças altas, além de espadas e adagas na cintura. Em cima das muralhas havia outros guardas. E os soldados só deixavam algumas poucas pessoas passarem de cada vez.

Lembrando-me dos homens na ponte, fiquei assustado.

– Acho – sussurrei com a boca seca – que estão procurando alguém.

34.

O Urso colocou uma das mãos em meu ombro.

– Crispim – disse baixinho –, tente parecer menos preocupado. O pior disfarce é o medo.

– E se eles me pararem?

– Acho que não vão parar. Mas, se pararem, lembre-se do que eu lhe disse: fuja. Misture-se à multidão. Sua altura vai ajudar a escondê-lo.

Observando atentamente, vi que os que tentavam entrar na cidade haviam formado duas filas que se espremiam contra uma parede de soldados. Avançávamos lentamente, e senti que estava ficando com mais medo.

– Há uma maneira melhor – sussurrou o Urso em meu ouvido. – Quando eu disser, assim que estivermos perto do portão, comece a tocar flauta. E eu vou dançar.

– Mas isso não vai chamar ainda mais a atenção deles? – perguntei.

– Faça o que estou dizendo – disse ele, mas num tom de voz tão tenso que não ousei retrucar.

Continuamos a avançar. Assim que nos aproximamos do portão – e dos soldados – o Urso disse:

– Comece.

Persignei-me rapidamente, invoquei a proteção de São Gil e, com os dedos trêmulos, peguei a flauta e comecei a tocar. O Urso começou a tocar tambor e a dançar. As pessoas viraram-se para olhar. Havia sorrisos em seus rostos, e algumas até aplaudiam. Inclusive os soldados.

Atravessamos o portão e as muralhas da cidade dançando, sem que ninguém nos lançasse um olhar indelicado.

– Muito bem – disse o Urso, com uma evidente expressão de alívio quando entramos em Great Wexly.

Se o que eu havia visto na estrada me surpreendera, fiquei ainda mais admirado dentro de Great Wexly. Pois mal havíamos transposto o portão, quando vi mais gente – homens, mulheres e crianças – em um só momento do que havia visto em toda minha vida. A algazarra que explodiu em meus ouvidos era incrível. As pessoas gritavam, chamavam, discutiam, riam, vendendo suas mercadorias a todos os que se aproximavam delas. Aguadeiros anunciavam seu produto. Os vendedores de maçãs, de alfazema ou de fitas faziam o mesmo.

Era difícil saber quem estava falando com quem. A meus olhos e ouvidos, tudo parecia um bando de corvos gritando num campo de trigo recém-ceifado.

Não, era mais como uma floresta densa, não de árvores, mas de pessoas. Pois não conseguíamos caminhar em linha reta; tínhamos de abrir caminho serpenteando pela multidão, batendo e esbarrando nos outros.

Na aldeia de Stromford, não se cruzava com ninguém que não fosse conhecido, sempre se recebendo cumprimento, expresso por um gesto ou por uma ou duas palavras resmungadas. Até eu era cumprimentado. Lá, os estranhos eram tão raros e auspiciosos quanto estrelas cadentes. Mas, apesar de o Urso e eu sermos estranhos em Great Wexly – e eu, um cabeça-de-lobo –, ninguém parecia nos dar atenção, embora relanceassem o Urso, pelo menos devido ao seu tamanho.

Mas o que mais sobressaltou meus sentidos – além do grande número de pessoas de todas as idades e da cacofonia que produziam – foi o mau cheiro que enchia o ar: mercadorias apodrecendo, comida, estrume, água suja e restos de comida, numa mistura desagradável que me deixava tonto.

Em minha aldeia, o lixo era armazenado atrás das casas. Em Great Wexly, o lixo acumulava-se na rua ampla por onde passávamos. Ela não era mais de terra, cheia de lama, mas calçada com pedras. Uma calha cheia de sujeira – como um esgoto a céu aberto – corria no meio dela. Enquanto andávamos, vi, pelas janelas abertas das casas, que o lixo era jogado diretamente na rua, às vezes atingindo os que passavam, provocando o riso dos que observavam e a fúria das vítimas.

Além das pessoas, também via animais por lá: porcos, galinhas, gansos, cães – e ratos –, todos se movimentando em meio à multidão, sem dar a menor atenção às pessoas, que tampouco os notavam.

Pressionando as ruas estreitas e congestionadas, assomavam as paredes de casas construídas uma ao lado da outra, edificações de dois, às vezes três andares, com telhados de pedra, e não de colmo. Essas casas eram, em sua maioria, construídas com vigas de madeira com uma argamassa clara preenchendo os espaços entre elas. Aqui e ali erguiam-se construções de pedra de maiores proporções. Muitas casas tinham o andar superior construído de maneira que se estendia sobre as ruas estreitas, escondendo o céu.

As casas tinham inúmeras janelas, a maioria com persianas, mas algumas de vidro, mais janelas que eu já vira em toda minha vida. Quanto às portas, não acreditei que pudesse haver tantas portas no mundo. Pareceu-me que essas pessoas deviam passar a maior parte da vida entrando e saindo das casas.

E mais uma vez, em muitos lugares, viam-se panos pretos com fitas azuis e douradas entrelaçadas. Perguntei ao Urso o que significavam.

Desta vez ele respondeu:

– Alguém importante morreu.

De muitas construções pendiam reproduções de madeira de coisas: um porco, um elmo, um peixe, um gibão, uma argola e até um feixe de trigo. Como acabei descobrindo, eram emblemas que informavam aos passantes a natureza do negócio ou das mercadorias produzidas e vendidas no interior das construções. Os negociantes simplesmente baixavam suas persianas em direção à rua, formando uma espécie de prateleira na qual expunham suas mercadorias. Quanto a comer e dormir, as pessoas faziam-no no segundo ou no terceiro andar das casas.

Havia tanta coisa a ser vista que eu mal começava a olhar para uma coisa e já sentia o olhar atraído para outra. Na verdade, havia tantos objetos para se ver que, se eu tivesse dez olhos, eles não conseguiriam vê-los a todos. Davam-me dor de cabeça.

Mais de uma vez, o Urso teve de berrar comigo, pois, encantado com o que via, eu parava o tempo todo, arriscando-me a ser derrubado e pisoteado pela multidão. Por exemplo, vi uma padaria que vendia um pão branco como um cisne, algo que eu nunca tinha visto. E carne. Juro por Deus que lá havia mais carne que a que era consumida no reino inteiro. Eu sempre soubera que a aldeia de Stromford oferecia pouca coisa para comer, mas achava que isso não era muito diferente no resto do mundo. Agora eu constatava o quanto minha aldeia era pobre.

Continuamos a avançar, até que o Urso, inesperadamente, agarrou-me pelo braço e me puxou.

– Olhe – disse ele.

Estávamos diante de uma construção da qual, amarrado a um mastro, pendia um homem de palha, todo pintado de verde.

– O que quer dizer isso? – perguntei.

– É a taverna do Homem Verde. É aqui que vou cuidar dos meus negócios.

O Urso entrou no lugar confiante. Embora estivesse colado a seus calcanhares, hesitei um pouco, pois sabia que seus negócios – como ele mesmo dissera – eram perigosos.

35.

Entramos numa sala grande em que pequenas velas de cera haviam sido colocadas em nichos das paredes. Apesar da luz crepitante, o lugar era escuro e esfumaçado, recendendo a cerveja de má qualidade, pão amanhecido e vinho azedo. Mesas e bancos apoiados em cavaletes, mais do que eu já vira em um único lugar, espalhavam-se sob um teto baixo e cheio de vigas. O chão era de tábuas grossas e estava coberto de palha suja. Em um dos lados erguia-se um balcão, sobre o qual havia fileiras de canecos de madeira.

Atrás do balcão estava uma mulher corpulenta e viçosa. Com uma saia marrom toda manchada de gordura, usava na cabeça uma touca de linho branco colocada obliquamente sobre os cabelos, que pendiam em tranças escuras e estriadas de fios grisalhos. Em torno da cintura, trazia um rosário de contas de vidro, no qual estava pendurada uma bolsa de couro. Nos pés, tamancos de madeira. Seu rosto era de um vermelho rosado. O nariz era achatado, como se já tivesse sido quebrado. As maçãs do rosto também eram afundadas. De um modo geral, ela exibia uma força inquieta e transbordante.

Quando entramos, ela olhou de relance para ver quem era. Quando o enorme Urso se pôs à sua frente, um sorriso imenso iluminou-lhe o rosto, revelando não apenas alegria, mas também uma completa ausência de dentes.

– Pelas chagas de Cristo! – ela gritou, dando uma risada ceceada e acompanhada de perdigotos. – O Urso está de volta!

– E, por minha honra – disse o Urso, numa explosão de voz e de braços abertos –, é a viúva Daventry!

Os dois abraçaram-se no meio da sala.

– Bem-vindo a Great Wexly – disse a mulher, empurrando o Urso para trás enquanto o examinava de cima a baixo. – Perguntava-me se você viria. Mas você manteve a sua palavra.

– Bela dama – disse o Urso rindo e fazendo um arremedo de salamaleque –, eu sempre cumpro minha palavra.

– Mas, meu senhor, acho que, como sempre, o senhor não veio aqui para me fazer a corte – disse ela.

– Realmente foi pelo outro motivo – ele respondeu.

Então, para meu espanto, a mulher bateu-lhe no peito com o punho cerrado, o que o fez rir ainda mais. Não contente com esse golpe, ela puxou-lhe a barba e deu-lhe um tapinha no rosto.

— Em que aventuras você andou se metendo desde que esteve aqui pela última vez? — perguntou ela, rindo com tanta satisfação que não pude deixar de sorrir.

— Muitas aventuras, pode ter certeza — disse ele. — Esta é uma delas — acrescentou, apontando para mim.

A mulher voltou-se e examinou-me com olhos curiosos.

— Ele é seu ou você o encontrou em algum pântano?

Antes de responder, o Urso olhou ao redor. Não faço idéia do que ele estaria procurando, pois só nós três estávamos na sala.

— Foi Deus que o colocou no meu caminho.

— Como foi que aconteceu?

— Nós nos encontramos numa aldeia abandonada. Ele fugiu de sua aldeia.

— Fugiu? — espantou-se a mulher, olhando para mim com um interesse renovado. — Por que motivo?

— Para procurar um mundo melhor — disse o Urso.

— E o pai dele? E a mãe?

— Ambos partiram desta para melhor.

— Então ele é órfão? E não está sendo perseguido? — perguntou ela, cada vez mais interessada.

— Essa é uma outra história — disse o Urso franzindo o cenho. — Mas, pelas leis deste reino — disse ele —, agora ele me deve total obediência. É meu aprendiz. E tem futuro.

Foi bom ouvi-lo me elogiar.

— Qual é o seu nome? — perguntou-me ela.

Obriguei-me a encará-la.

— ... Crispim.

– Ora, vejam, um nome nobre para um rapaz tão humilde – comentou a mulher. – Mas, Crispim, não dê atenção às minhas brincadeiras. Os amigos do Urso são meus amigos. Bem-vindo à estalagem do Homem Verde. De onde você é?

Como eu hesitasse, o Urso disse:

– Crispim, diga o nome de sua aldeia.

– Stromford – respondi.

– Nunca ouvi falar – a mulher deu de ombros.

– É uma das propriedades de lorde Furnival – disse o Urso.

– Lorde Furnival – repetiu a mulher, tornando a olhar para o Urso. – Você não soube da novidade?

– Que lorde Furnival morreu? – disse ele.

– Isso. Há duas semanas – confirmou a mulher.

Enquanto o Urso fazia o sinal-da-cruz, perguntei-lhe:

– Como é que você soube? – sem saber o que me deixara mais surpreso: o fato de ele saber ou de não ter me contado nada.

– Os panos pretos pendurados pela cidade – respondeu ele. – E os soldados a mais nos portões.

– Sem dúvida – disse a mulher. – Quando um homem importante morre, sempre há agitação. Ele morreu em seu leito – acrescentou. – Dos ferimentos que recebeu nas guerras da França. Acho que isso só vai estimular sua causa – acrescentou com um certo desconforto.

– Viúva – disse ele –, não se trata da *minha* causa.

Enquanto eu olhava e ouvia os dois, ficou claro que ela sabia mais sobre o Urso e suas atividades do que eu. Isso me provocou uma pontinha de ciúme.

– Quem será o sucessor de Furnival? – perguntou o Urso.

– Ele não tem herdeiros legítimos – disse a mulher. – Embora se diga que existam alguns ilegítimos.

– E quanto às suas propriedades?

– Agora pertencem à viúva, lady Furnival. A menos que algum filho bastardo, apoiado por um exército, venha reclamá-las. Ou que ela se case com alguém. *Se* casar, mas dizem que é improvável. Ela não é do tipo que abre mão de poderes recém-adquiridos. Ela nunca viajava com lorde Furnival, pois preferia ficar em sua corte. Sabe o que as mulheres dizem – acrescentou ela com um sorriso –: "Se o primeiro casamento é uma dádiva de Deus, o segundo vem diretamente do diabo."

Dito isso, ocorreu um estranho momento de silêncio. O Urso estava tenso. Eu não sabia exatamente o que havia ocorrido, mas me fez lembrar de uma coisa que o padre Quinel certa vez me dissera durante a confissão: um momento de silêncio no meio de uma conversa significa que o anjo da morte passou por perto.

Senti um arrepio.

36.

– Mas agora – ela disse ao Urso – trate de sentar e matar sua sede. Quero saber tudo o que você souber desde que esteve aqui pela última vez.

O Urso relaxou.

– Você poderia me trazer a chave do meu quarto lá de cima, aquele *especial*. Vou instalar o rapaz. Depois podemos conversar.

Ainda que percebesse que estava sendo excluído, eu nada disse; limitei-me a acompanhar o Urso.

Com a chave em uma das mãos, ele me guiou até o segundo andar. Eu nunca havia subido tão alto em um edifício antes, tão alto que, furtivamente, apoiei-me com a mão na parede para não perder o equilíbrio.

Caminhamos por um corredor estreito e escuro até chegarmos a uma porta, que ele destrancou.

– Nosso quarto – anunciou. – Pode entrar.

Entrei. Com o pouco de luz que entrava pelas frestas das persianas, examinei o quartinho. Velhos pedaços de corda espalhavam-se pelo chão. Havia uma mesa pequena e baixa em um canto. Em outro canto, um catre com colchão de palha. O lugar cheirava forte a suor e a cerveja, o que me fez sentir um pouco enjoado, pois estava acostumado a viver ao ar livre.

O Urso afofou a palha do catre.

– Urso?

– O quê?

– Este edifício... é tão alto. Será... será que não vai cair?

Ele olhou para mim com um pouco de incredulidade e, em seguida, irrompeu em uma de suas gargalhadas sonoras.

– Não há perigo. Nenhum mesmo.

Bateram à porta. A viúva Daventry entrou. Em suas mãos carregava uma tigela de carne em um molho espesso. Pedaços de pão estavam misturados à carne. Para minha surpresa, ofereceu-me a comida. Eu a aceitei, agradecido.

– A sua está lá embaixo – disse ela para o Urso e saiu.

Sentei-me no colchão de palha com as pernas cruzadas, a tigela no colo e a colher de chifre na mão.

Enquanto o Urso tirava a adaga e a colocava em cima da mesa, perguntei:

— Vamos nos apresentar aqui?

— Acho que não — respondeu ele, para minha surpresa. — Não ficaremos muito tempo. Mas preciso mostrar-lhe uma coisa. — Foi até a parede e começou a passar a mão pelas tábuas. — Este é um quarto especial — disse ele. — Minha amiga lá de baixo sempre me instala aqui.

Sob a pressão de suas mãos, uma das tábuas se soltou da parede.

— É um esconderijo. Vai servir para esconder você, e eu também, se houver necessidade.

— Será que vai haver necessidade?

— Peça a todos os santos do céu que isso não aconteça.

— Urso — disse eu, olhando dentro dos seus olhos —, o que é que você faz *de verdade*?

Ele riu.

— Quando nos conhecemos — disse ele —, você nem ousou perguntar o meu nome. Agora fica olhando audaciosamente para mim e atreve-se a fazer perguntas sobre as minhas atividades. Será que evoluímos ou retrocedemos?

— Você é que deve saber — respondi.

— Quanto ao que faço *de verdade* — disse ele, com um sorriso conciliador —, sou um maluco que quer ir para o céu *antes* de morrer. — Dito isso, avançou em direção à porta.

– Não quero ficar aqui – protestei. – É abafado e cheira mal.

– Você vai fazer o que eu lhe mandar.

– Sim, senhor – repliquei, sabendo que minha resposta o irritaria. – Pelo menos, não tranque a porta.

– Não vou trancar – disse ele, calando-se em seguida. Por um instante, achei que não fosse dizer mais nada. Mas acabou dizendo: – Crispim, se tem amor à vida, fique aqui até eu voltar. – E saiu do quarto.

Sentindo muita aflição, comi e, em seguida, deitei-me de costas no catre. Não estava nem um pouco satisfeito. Perguntava-me por que tinha de ficar num lugar tão abafado enquanto ele fazia o que bem entendia. Além disso, o pouco que vira da cidade só havia atiçado minha curiosidade. E eu tinha dinheiro. Ainda havia muito a ser visto, mas parecia que o Urso tinha a intenção de me manter naquele quarto durante o que agora prometia ser uma breve estadia.

Por um instante, permaneci onde estava, mas, à medida que o tempo passava, eu ia ficando cada vez mais impaciente.

Por fim, levantei-me, fui até a porta e espiei o corredor. Como não visse ninguém, resolvi andar um pouco pela cidade. Minha intenção era voltar antes que o Urso desse pela minha ausência.

Já estava para sair, quando fui até a mesa, peguei a adaga do Urso e a escondi debaixo de minha túnica. Ele não havia me ensinado a usá-la? Não era nesta cidade que eu deveria reivindicar minha liberdade?

Movimentando-me sem fazer barulho, deslizei até o meio da escada e fiquei escutando. De algum lugar, vinha o murmúrio da conversa entre o Urso e a viúva Daventry. Não consegui descobrir exatamente onde eles estavam.

Continuei a descer até ter certeza de que não havia ninguém no salão da taverna.

Ao pé da escada, decidi que seria melhor não usar a porta da frente, pois eles poderiam me ver. Entrei num corredor estreito. No final dele, cheguei a uma pequena porta.

Abri-a com um empurrão e saí num beco que exalava o mais desagradável dos cheiros. Ali havia buracos que funcionavam como latrinas.

Tapei o nariz, fechei a porta atrás de mim e saí correndo.

37.

Saí pela porta dos fundos do Homem Verde no meio da tarde, um pouco depois de os sinos soarem as Nonas. Correndo, alcancei a rua principal e dali comecei a visitar a cidade sozinho.

Enquanto eu caminhava, o burburinho de um mundo incontável de pessoas, edifícios e lojas atingiu-me com força redobrada. Great Wexly parecia mais tumultuada, com mais pessoas e mais agitação do que antes. Mas eu me sentia ousado e seguro de mim mesmo. Não precisava do Urso para ver o mundo, pensei.

Ao percorrer as ruas – apreciando o vaivém dos passantes e sem saber para onde queria ir – um bando de crianças passou por mim, gritando e rindo. Curioso por saber para onde estavam indo e o que fariam, corri atrás delas.

As crianças viravam para lá e para cá e, de repente, tão rápido quanto haviam surgido, acabaram por desaparecer. Eu não tinha a menor idéia do lugar para onde tinham ido.

Embora desapontado, não perdi o entusiasmo. Com tanta coisa para ver, eu estava contente por poder vagar, detendo-me para olhar tudo o que me interessasse, e havia muita coisa que despertava o meu interesse. Com minha moeda, comprei um pouco de pão branco de um ambulante. Era leve e doce, não precisava mastigá-lo muito para engoli-lo, o que achei estranho.

Depois de um certo tempo, reuni coragem para sair da rua principal, pavimentada de pedras, e para começar a vagar pelas vielas laterais. Elas eram de terra e lamacentas. Muito estreitas, exalavam um mau cheiro ainda maior que o da rua principal.

As vielas contorciam-se e espalhavam-se em todas as direções possíveis, sem nenhuma lógica de que eu pudesse me dar conta. Contudo, achei excitante *não* saber para onde ia. Como me parecia maravilhosamente estranho escolher o caminho a seguir! Que importava que eu tivesse de fazer tantas opções? A sensação era agradável.

E eu via cada vez mais gente. De muitos tipos. Pela maneira como se vestiam, pude ver que muitas eram pobres. Contudo, pareciam se misturar a outras muito mais ricas sem qualquer constrangimento de nenhuma das partes.

Logo acabei por retornar à rua principal, pavimentada de pedras. Foi lá que vi uma mulher cavalgando sentada de lado em um grande palafrém negro, cuja sela e cujos arreios eram enfeitados de prata cintilante. Embora a dama usasse uma capa negra, consegui ver seu vestido. Era de um azul brilhante, adornado com uma pele dourada. Seus cabelos eram puxados para trás e presos numa touca formada por uma rede de fitas negras. Nos pés, sapatos pontiagudos e dourados. Suas mãozinhas eram incrustadas de jóias faiscantes. O rosto envelhecido era pálido e arrogante, e ela parecia não tomar conhecimento do mundo ao seu redor. Contudo, enquanto passava, apertava o nariz com um lenço de seda, como se quisesse bloquear o cheiro ofensivo que as ruas exalavam. Seu nariz sabia onde ela estava.

Diante dela marchava um rapaz inteiramente vestido de preto, com uma capa curta azul e dourada caindo em pregas de um dos ombros. Ele carregava uma grande corneta de metal brilhante onde estava pendurada uma bandeira azul e dourada. A cada poucos passos que dava, levava a corneta aos lábios e produzia notas que anunciavam o avanço da dama.

Em torno da dama havia seis homens, vestidos de túnicas acolchoadas no peito com mangas bufantes que cobriam até o meio das mãos. Um deles puxava o cavalo da dama. Os outros marchavam dos dois lados dela, enquanto mais três caminhavam atrás. As espadas que carregavam deixavam claro que eram seus guardas. Embora não tão suntuosamente vestidos quanto ela, resplandeciam em suas roupas azuis e douradas. Em suas mangas esquerdas via-se uma faixa negra.

Para mim foi uma visão incrível. Eu nunca tinha visto uma riqueza tão ostensiva. Outra maravilha para os meus olhos.

Enquanto ela passava, as pessoas da rua apressavam-se em abrir-lhe caminho, algumas tirando o chapéu ou inclinando a cabeça como reverência. Algumas até se ajoelhavam, o que me revelou que se tratava de uma pessoa muito poderosa.

Contudo, depois que a nobre dama passou, como o mar após a passagem de uma grande embarcação, a multidão entrelaçou-se como antes, acotovelando-se, passeando, comprando ou vendendo. Era como se ela nunca tivesse transitado por ali.

– Quem é ela? – perguntei a um menino que estava perto de mim.

Ele me lançou um olhar surpreso, como se eu tivesse a obrigação de saber de quem se tratava:

– Ora, é lady Furnival.

Virei-me rapidamente para tornar a olhá-la, mas ela já havia desaparecido.

38. Perambulei a tarde inteira numa espécie de êxtase, maravilhado com o que via. Era como se meu mundo tivesse se multiplicado muitas vezes em tamanho, números e riqueza. Meus olhos chegavam a doer de tantas maravilhas que eu estava vendo, enquanto meu coração batia de entusiasmo. Minha preocupação por estar na cidade dissipou-se completamente.

E, então, numa determinada altura de meu passeio, quando achava que já tinha visto tudo o que havia para ver, cheguei à grande praça da cidade.

Ali, num vasto espaço aberto – maior do que Stromford inteira –, construções apertavam-se umas contra as outras por todos os lados. Algumas pareciam novas, outras velhas; algumas se erguiam eretas, outras tortas. Mas a praça era dominada por dois edifícios que se erguiam em lados opostos.

A maior das estruturas era, de longe, uma grande igreja – uma catedral, como mais tarde eu soube –, que se elevava em meio a uma profusão de torres. As torres, unidas pelo que pareciam arcos flutuantes, eram enaltecidas com inúmeros adornos e estátuas tão reais que pareciam ter vida. Entre as duas enormes torres frontais, havia um vasto círculo de pedra e vidro multicolorido. Abaixo dele ficava a entrada principal, ladeada por colunas e mais estátuas. Toda a estrutura gigantesca parecia querer alcançar o céu, com a pedra saltando para a glória.

Do outro lado da praça, oposto à igreja, ficava um grande edifício de pedra de três andares. Enquanto a igreja parecia alçar-se em direção ao céu, esse edifício parecia agarrar-se à terra com um peso e uma corpulência que evidenciavam o poder terreno.

No andar térreo, sobre grandes portas de madeira havia vãos fechados por barras de metal. Dos dois lados dessas portas, havia pequenas janelas, igualmente fechadas por barras. Mas no primeiro andar – a uma altura considerável – havia quatro janelas enormes uma ao lado da outra, com colunas e enfeites de pedra. Diante de cada janela havia um terraço, sob o qual avançavam cabeças de leões de pedra. Bandeiras, com vários desenhos em azul e dourado, tremulavam nos mastros. As outras bandeiras eram pretas. Ali também havia soldados montando guarda.

O segundo andar tinha janelas menores. Mas, ao contrário da catedral, que se erguia solitária, esse edifício era ladeado por edificações comuns.

Entre a igreja e o grande edifício ficava um grande espaço aberto, a praça da cidade. Nela, uma multidão de negociantes com bancas e tendas vendiam diversas mercadorias e comida. Enxames de compradores comprimiam-se no local. A maioria estava a pé, mas alguns montavam cavalos que abriam caminho entre os pedestres.

Andei pela praça observando o número infindável de coisas à venda, muitas das quais eu nunca tinha visto: tecidos de muitas cores e tipos; peles de Moscou; espadas de Toledo; chapéus flamengos; luvas italianas. Também se viam cestas, caixas e botas. E sapatos, ferramentas e armaduras. Entre os alimentos e especiarias, vi uma tigela cheia de pimenta em grão. E por toda parte as moedas tilintavam, e os ábacos tagarelavam. Pena que eu já havia gastado a minha moeda.

Timidamente, aproximei-me da grande catedral. Por um certo tempo fiquei diante dela, tentando decidir se eu podia entrar. Como seria rezar num lugar como aquele? Mas, além de seu tamanho enorme, o que me intimidava eram os soldados junto às portas. Contudo, eles pareciam dar pouca atenção à multidão que ia e vinha. Quando vi algumas crianças entrando, fiz o sinal-da-cruz e entrei também.

Na verdade, os soldados mal olharam para mim quando passei por eles na entrada coroada por estátuas de Maria e Jesus, além de outros santos cujos nomes eu desconhecia. Prometi a mim mesmo que voltaria ali com o Urso, que, com certeza, conhecia a todos eles.

Porém, quando entrei no vestíbulo, fiquei boquiaberto. Diante de mim abria-se um espaço imenso em altura, comprimento e largura, que eu jamais poderia imaginar que existisse no mundo. Velas ardendo espalhavam-se por toda parte, num número que parecia suplantar o das estrelas. Em meio ao ar suave e esfumaçado, grandes colunas elevavam-se a alturas estonteantes, enquanto uma luz multicolorida jorrava pelos vitrais, espalhando poças coloridas pelo chão de pedra duro. Invisível, um suave coro fazia-se ouvir, enchendo aquele espaço celestial com sons que me faziam pensar no rufar das asas dos anjos. Era como se eu tivesse entrado no paraíso.

Havia um grande número de pessoas na catedral, algumas ajoelhadas em oração. Com receio de avançar mais, também me pus de joelhos, juntando as mãos, e limitei-me a contemplar assombrado a igreja e as pessoas.

Enquanto estava ajoelhado, meu olhar deteve-se em um devoto em oração, as mãos firmemente entrelaçadas. Embora usasse a cota almofadada dos soldados, perneiras vermelhas e botas de couro de cano alto, algo nele pareceu-me familiar. Depois de um certo tempo, ele começou a olhar ao redor de si.

Quando se virou, os cabelos de minha nuca eriçaram-se. Na verdade, eu mal acreditava no que estava vendo. Era nada mais nada menos do que John Aycliffe, o administrador da aldeia de Stromford.

Então percebi que ele não estava só, mas acompanhado de homens que usavam o mesmo uniforme que a escolta da grande dama que eu vira.

No mesmo instante em que me dei conta de quem era, Aycliffe virou-se mais. Antes que eu conseguisse me recuperar de meu espanto, ele voltou-se completamente para mim.

Nossos olhos pareceram entrelaçar-se. Era como se nenhum dos dois conseguisse acreditar que o outro estava ali, e estávamos de novo na floresta de Stromford.

Foi então que ele gritou:

– Ali! – E apontou-me. – O garoto! O cabeça-de-lobo! Ele está ali! Peguem-no!

Apanhados de surpresa, os homens espalharam-se pelo lugar, viram a quem ele se referia e começaram a correr em minha direção, gritando e atropelando quem estava na frente deles.

Mas, então, recuperado de meu susto, pus-me de pé de um salto e corri para fora da igreja. Lá fora, misturei-me à multidão na praça, abrindo meu caminho aos empurrões.

Quando saí da praça, comecei a correr sem saber para onde, passando por um beco atrás do outro. Avançava sem uma direção definida, sem parar nem mesmo para olhar para trás. Só conseguia pensar que tinha que voltar para o Urso.

Não sei por quanto tempo corri. Ainda estava correndo por um beco particularmente estreito quando um homem saltou diante de mim.

– Pare! – gritou, com os abraços abertos para bloquear minha passagem.

39.

Ofegante, parei e olhei ao redor, quando descobri que outro homem estava se aproximando de mim por trás. Encostei-me na parede e esforcei-me para tirar do bolso a adaga do Urso.

Com os homens me encurralando dos dois lados, não poderia enfrentá-los ao mesmo tempo. Vi que um deles empunhava um grande bastão. O outro empunhava uma faca.

– Afastem-se! – gritei, finalmente conseguindo liberar da bainha a adaga do Urso. Embora meu coração estivesse pulando e minhas pernas tremendo, segurei-a diante de mim como o Urso me ensinara.

A adaga fez com que meus perseguidores hesitassem. Nesse momento, dei uma estocada desajeitada na direção do homem com o bastão. Ele saltou para o lado com agilidade e deu uma bastonada em meu punho. A dor e o choque foram tão grandes que deixei cair a adaga. Em seguida, fui agarrado pelas costas.

Chutei e atirei a cabeça para trás. Ouvi um grunhido agudo, e os braços do homem afrouxaram o suficiente para eu me livrar de suas garras. Com a cabeça abaixada, ataquei o homem do bastão, atingindo-o no peito. Ele tombou para trás.

Isso foi o suficiente. Com um salto, passei por ele e desci o beco. Em seguida, penetrei em outra ruela, mudando continuamente de direção, sem ousar olhar para trás a fim de ver se ainda estava sendo perseguido.

Não sei por quanto tempo continuei a correr antes de parar e olhar para trás. Como não vi ninguém, permiti-me um momento de descanso.

Com o coração doendo de tanto bater, o pulso ainda latejando no local onde havia sido atingido, tentei entender o que tinha acontecido.

O motivo pelo qual o administrador de Stromford estava em Great Wexly era uma coisa que não tinha qualquer sentido para mim. Mas estava claro que, em vez de escapar dos perseguidores que queriam me ver morto, eu tinha vindo para o lugar onde eles podiam me agarrar.

Em meu estado de frenesi, convenci-me de que nem o Urso poderia me proteger. Além disso, eu havia desobedecido às suas ordens. E tinha certeza de que ele não me perdoaria por isso. Ele não me dissera para eu correr se fosse atacado?

Embora fosse fácil tomar uma decisão, logo percebi que não tinha idéia de onde estava, nem para onde poderia ir. Com uma angústia crescente, olhei ao meu redor tentando me localizar.

Quando cheguei a Great Wexly, fiquei espantado com a profusão de coisas *diferentes* que estava vendo. Agora, numa total reviravolta, meu pânico fazia com que tudo parecesse *igual*. Além disso, eu achava que, em todas as esquinas, em todas as curvas do caminho, havia mais inimigos à minha espreita.

Mas eu não podia ficar onde estava. Meus perseguidores já haviam demonstrado conhecer bem o suficiente a cidade para conseguir me localizar.

Movimentando-me com muito cuidado, vaguei por várias ruelas, olhando constantemente para a frente e para trás. O que piorava as coisas era que, para onde quer que eu fosse, tinha a sensação de já ter passado por ali. Era como se eu não conseguisse avançar.

Mas, então, tive o que me pareceu uma boa idéia: o Urso tinha me dito que as grandes muralhas *circundavam* a cidade inteira. Se isso era verdade – e eu não tinha por que duvidar dele –, achei que chegaria a elas se caminhasse em linha reta na mesma direção. Ali chegando, eu encontraria uma saída e fugiria.

Sentindo-me um pouco menos apreensivo, agora que tinha um plano, tratei de me apressar. Embora corresse, continuei alerta à possibilidade de um novo ataque. Várias vezes diminuí o ritmo de meus passos.

Mesmo tentando seguir em linha reta, logo descobri que era impossível. Os becos e ruas serpenteavam de uma maneira que me desnorteava. Era como se eu estivesse em um labirinto.

Mesmo assim, obriguei-me a prosseguir, pois tinha medo de permanecer no mesmo lugar. Abri caminho junto às paredes, deslizando pelas esquinas, sempre com muita cautela.

A tarde caía. O longo crepúsculo de verão começava a declinar. Com ele, recomeçou uma chuva fria. Logo uma escuridão enevoada envolveu o ar. As luzes mais brilhantes vinham das casas ou dos passantes ocasionais que caminhavam segurando uma tocha ou uma lanterna diante deles.

O número de pessoas nas ruas se reduziu. As sombras se alongavam. De vez em quando surgiam homens cambaleantes, evidentemente embriagados. Além dos que eles produziam, os únicos ruídos que se ouviam, vindos do interior das casas com as persianas fechadas, era uma gargalhada, um grito zangado ou o grito de uma criança.

Consegui chegar por fim às muralhas da cidade. Elas erguiam-se bem acima de minha cabeça e pareciam se fundir com o céu escuro. E, ao contrário do que eu imaginara, não era fácil chegar diretamente a elas, pois muitas casas haviam sido construídas encostadas em suas pedras.

Mesmo assim, pareceu-me que eu fizera algum progresso. Agora, de acordo com o meu plano, só precisaria contornar a muralha. Se contornasse, certamente chegaria ao portão pelo qual o Urso e eu havíamos entrado na cidade.

Mais uma vez meu plano parecia falho. A muralha não era simplesmente um círculo simples, mas, na verdade, tinha a forma de serpentina. No entanto, prossegui até alcançar uma rua larga pavimentada com pedras. Reconheci-a como a rua pela qual o Urso e eu havíamos entrado na cidade e avancei por ela.

Então, duas coisas aconteceram quase simultaneamente: os sinos da igreja da cidade começaram a dobrar. E vi algo que me pareceu ser um portão na muralha. Uns nove ou dez soldados espalhavam-se pelo local. Alguns carregavam tochas. Embora eu não tivesse certeza de que se tratava do mesmo portão pelo qual o Urso e eu havíamos entrado, disse a mim mesmo que não tinha importância. Era uma saída da cidade.

Corri em direção a ele, justamente quando as grandes portas, empurradas pelos soldados, começavam a ser fechadas. Não acreditando no que via, parei, espantado, e vi os soldados derrubarem grandes vigas de madeira para trancá-las. Em seguida, acrescentaram correntes e cadeados para manter os portões cerrados com segurança.

Após fecharem os portões, a maioria dos soldados começou a se afastar; só dois permaneceram no local.

Aproximei-me o suficiente para que eles me notassem.

– Você quer sair? – perguntou-me um deles.

– Sim..., senhor – respondi.

– Tarde demais. Os portões estão fechados. Só abrirão pela manhã, às Primas. Agora trate de ir embora. Já foi dado o toque de recolher. Você tem de ir para sua casa.

Fiquei de pé onde estava, sem saber o que fazer.

– Vá embora – gritou o soldado. Virei-me e comecei a me afastar.

Já era noite. A chuva se intensificara. As ruas, transformadas em atoleiros de lixo e lama, estavam completamente desertas, com exceção de uns poucos retardatários. Mas eles andavam depressa, sem dúvida tratando de ir para casa para não serem detidos e punidos.

Começaram a aparecer alguns animais, principalmente porcos e cachorros, mas ratos também. Todos chafurdavam em busca de comida.

Com a noite se adensando, as pessoas fechavam as persianas. A cidade ficava cada vez mais escura.

Ao ouvir o som de passos, virei-me rapidamente. Cerca de seis soldados com capacetes, armados com espadas de lâmina larga e carregando lanternas, desciam a rua.

Pulei em um beco estreito e fugi.

Quando passaram, ouvi um dos soldados gritar:

– Está na hora das Completas! O toque de recolher está em vigor! Ninguém pode permanecer nas ruas!

Encolhi-me contra a parede, ouvindo o ruído dos passos e dos gritos desvanecer.

Estava completamente escuro. A cidade parecia adormecida. O céu estava negro. A chuva continuava a cair. Continuei vagando, encharcado e infeliz, em busca de um lugar para me esconder, com a esperança de deparar com o Homem Verde. O único som que eu ouvia era o *chapinhar* dos meus pés na lama ou nas pedras. Mal ousava respirar.

Então, ouvi o som de pés que corriam. Apertei-me contra a parede e dobrei uma esquina. Um grupo de homens, todos empunhando tochas, passou perto de mim correndo. A luz de suas tochas revelou-me o uniforme azul e dourado. Era o mesmo uniforme usado pelos servidores de lady Furnival. Mas eu os reconheci como homens do administrador.

Como era possível?

Então, lembrei-me de algo que tinha ouvido o estranho dizer na floresta: Aycliffe era parente de lady Furnival.

Tive vontade de continuar pensando sobre o assunto, mas temia ficar parado. Afastei-me e desci um beco estreitíssimo, com as paredes dos dois lados tão próximas que eu conseguiria tocá-las se abrisse os braços. Estava no meio do beco quando vi a forma pesada de alguém vindo em minha direção, com uma lanterna coberta na mão.

Parei, virei-me e comecei a correr na direção oposta, quando ouvi uma voz trovejante:

– Crispim! Pare!

40. Ao ouvir meu nome, fiquei tão aterrorizado que parei e me voltei. O homem havia se aproximado, mas, como não conseguia ver seu rosto, encolhi-me todo.

Só quando ele gritou, desta vez com mais raiva, "Crispim, seu malandro safado!", percebi que se tratava do Urso.

Com o coração explodindo de alívio, corri em sua direção e atirei-me a seus pés, abraçando seus joelhos com fervor.

— Por todos os pecados de Lúcifer, onde você estava? — perguntou o homenzarrão, pousando a lanterna no chão. Depois de me soltar de suas pernas, colocou as mãos enormes em meus ombros e me fez ficar em pé diante dele. Ao mesmo tempo, ajoelhou-se para que eu pudesse olhá-lo nos olhos.

— Urso... — comecei, incapaz de prosseguir pois o abraçara com força, estreitando-me contra seu pescoço e contra sua barba, como um pardalzinho que volta ao ninho.

— Crispim — censurou-me. — Esperei pela sua volta a tarde inteira. Você me esqueceu tão depressa? É assim que retribui a minha bondade? Eu devia lhe dar uma chicotada!

— Não tive a intenção. Eu me perdi. E fui atacado.

— Atacado? — ele perguntou, fazendo-me soltar seu pescoço para que pudesse olhar-me no rosto. — Por quem?

— Pelos homens do administrador.

— Que administrador?

— De Stromford. John Aycliffe. Ele veio atrás de mim — prossegui apressadamente. — Eu o vi na catedral. Mas ele também me viu. Assim que me viu, mandou seus homens atrás de mim. E, Urso, lembrei-me de outra coisa: ele é parente de lady Furnival. Cheguei a vê-la. Você disse que Great Wexly era a principal propriedade dos Furnival. E que Stromford era outra de suas propriedades. Agora que lorde Furnival morreu, lady Furnival deve ter chamado Aycliffe.

– Eu temia que isso acontecesse.

– Por que não me contou?

– Queria evitar tudo isso.

– Meu punho ainda está dolorido no local em que eles me atingiram.

– Então vai ter que usar só os pés para caminhar – disse ele rindo.

Ele se virou e começou a abrir caminho pelas ruas periféricas e pelos becos escuros, a lanterna mal conseguindo indicar o caminho através da escuridão e da chuva.

– Quando tentei me defender – disse, depois de termos caminhado um pouco –, perdi sua adaga.

– Tenho certeza de que fez bom uso dela.

– Urso? – chamei enquanto caminhávamos.

– O quê?

– Que Deus o abençoe.

– E a você também – grunhiu ele.

Só quando me senti seguro atrás das portas da estalagem da viúva Daventry, consegui respirar aliviado. Olhei em torno. O salão principal estava deserto.

– Urso, você precisa me dizer o que devo fazer se...

A viúva entrou na sala. Quando entrou, o Urso fez sinal para que eu me calasse.

– Ah! – disse a mulher. – Você o encontrou.

– Ele ficou vagando por aí e acabou se perdendo – anunciou o Urso, sem mencionar o ataque.

— A patrulha chegou a vê-lo? — perguntou-me ela.

— Acho que não.

— Ótimo — disse ela empertigando-se. — Acho que John Ball acabou de chegar.

— Onde ele está? — perguntou o Urso.

— Na cozinha. Pediu-me comida.

— Ótimo. Vou levar o garoto para o quarto. Você pode providenciar-lhe alguma coisa para comer? E roupas secas.

— Vou providenciar — disse a mulher e saiu da sala.

Sem me explicar o que significavam as palavras que trocara com a viúva Daventry, o Urso reconduziu-me até o quarto. Lá chegando, colocou a lanterna na mesa e mandou que eu me deitasse no catre. Depois que deitei, o Urso sentou-se ao meu lado, mas, em vez de conversar comigo, mergulhou em pensamentos. Mesmo assim, senti-me reconfortado.

A viúva Daventry entreabriu a porta e colocou a cabeça para dentro:

— Ele está ficando impaciente — anunciou.

— Ele sempre foi impaciente — murmurou o Urso. — Já estou indo.

A mulher saiu do quarto. O Urso levantou-se e caminhou em direção à porta.

— Agora coma o seu pão e vá dormir.

— Você me perdoa de verdade? — perguntei eu.

— Não há nada a ser perdoado. Às vezes eu esqueço.

— Esquece o quê?

— Como você conhece tão pouco as coisas.

Sem dizer mais nada, retirou-se.

Sozinho, eu mal conseguia pensar. Mas depois do que acabara de acontecer, e como ele saíra à minha procura, eu não tinha coragem de lhe fazer mais perguntas.

41. Sentei-me no catre e comi o pão. Em seguida, desejando agradecer pelo meu retorno em segurança, peguei a bolsinha da comadre Peregrine e tirei a cruz de chumbo de minha mãe. Com ela nas mãos, comecei a orar em voz baixa.

Como sempre, rezei pelo bem-estar das almas de minha mãe e de meu pai. Dessa vez, acrescentei o nome do Urso aos nomes daqueles para os quais eu pedia proteção.

Terminadas as orações, deitei-me e pensei em tudo o que havia visto e feito naquele dia. Era difícil de acreditar.

Então, fiquei ouvindo a chuva tamborilar no chão lá fora, na esperança de que esse ruído me fizesse adormecer. Meu pensamento, contudo, insistia em voltar a esse homem, esse John Ball com quem o Urso estava conversando. Será que ele fazia parte do meu quebra-cabeça? E por que o Urso o estava escondendo de mim?

Incapaz de resistir à minha curiosidade, levantei-me e esgueirei-me pela porta para o corredor escuro. Quando cheguei à escada, comecei a descer em silêncio, apoiando-me na parede para me equilibrar. No meio do caminho, parei e examinei o salão pouco iluminado.

O Urso estava sentado à mesa, de costas para mim. Em pé, a seu lado, estava a viúva Daventry. Sentado do lado oposto da mesa, estava um homem que supus ser John Ball.

Comparado com o Urso, o homem era bastante franzino, embora seu rosto, ou pelo menos o que eu conseguia ver dele, fosse forte, com um nariz grande, olhos profundos e uma boca severa. Suas roupas marrons e a tonsura revelavam que se tratava de um padre.

Já isso me surpreendeu, pois o Urso havia me contado que confiava pouco nos padres.

... e quanto aos aprendizes da cidade? – ouvi o Urso dizer.

– São da mesma opinião – disse John Ball. – Estão tão indignados quanto todos os outros. As guerras constantes na França, os impostos e os salários baixos, tudo isso os atinge tanto quanto a qualquer outro homem, camponês ou não. Eles querem melhores salários e o fim das guildas, e precisam disso.

– Pode ser verdade – disse o Urso –, mas, pelo que vi e ouvi em minhas viagens, não é agora que vão se revoltar.

– Eles vão se revoltar se puderem reivindicar suas antigas regalias – disse Ball. – E, apoiado pela justa mão de Deus – ergueu o punho –, é meu destino comandá-los.

– Então é melhor você esperar que o rei Eduardo morra – aconselhou o Urso.

– E quando isso vai acontecer?

– Muito em breve.

– Você tem certeza?

– Só se fala disso em Londres – disse o Urso – e também na corte em Westminster.

– E quem será seu sucessor no trono? – perguntou John Ball.

– Talvez seu filho, o duque de Lancaster.

— O homem mais odiado da Inglaterra. Isso nos ajudaria.

— Mas o verdadeiro herdeiro — prosseguiu o Urso — é o neto do rei, Ricardo de Bordéus.

— Uma criança? — disse John Ball. — Melhor ainda. Estariam mais fracos.

— Por que você acha que é a hora certa para uma revolta nesta região? — ouvi o Urso perguntar.

— Lorde Furnival morreu — argumentou John Ball. — E já está havendo muita agitação. Lady Furnival convocou todas as autoridades de suas propriedades. Sem nenhum herdeiro conhecido, ela ficou muito vulnerável.

— Agora, ouça-me, John Ball — disse o Urso. — Não sou eu que vou lhe dizer como agir. Mas, falando dos herdeiros de Furnival, durante minhas viagens descobri uma coisa muita importante.

Ele começou a falar tão baixo que não consegui distinguir suas palavras.

Mas eu já ouvira o suficiente. Tornei a subir a escada.

Eu não tinha dúvida de que o Urso estava envolvido em algum tipo de revolta. Em Stromford a simples *menção* a uma coisa como essa já era motivo para a forca. O que aconteceria se o Urso fosse apanhado? Além disso, parecia que ele não era apenas um jogral, mas algum tipo de espião.

Revirei-me no catre até perceber que precisava de ar fresco. Levantei-me, abri um pouco a persiana e relanceei a rua lá embaixo. A princípio ela me pareceu deserta. Então, do outro lado, vi uma figura em pé à sombra de uma edificação.

Pensei em descer e avisar o Urso. Mas permaneci no quarto. Dessa vez eu ficaria quieto no lugar que me haviam indicado.

Deitado na palha, resolvi ficar acordado até o Urso voltar para que eu pudesse contar-lhe o que havia visto.

Mas o dia fora longo e tumultuado. Apesar de minha intenção, acabei por cair no sono.

42.

Acordei na manhã seguinte com o badalar ensurdecedor dos sinos. Eles tocavam tão alto, com tanto estardalhaço, que, por um breve instante, achei que o Dia do Juízo havia chegado. Então, dei-me conta de que estava na cidade de Great Wexly, com suas muitas igrejas, e que era dia de São João Batista. Mesmo assim, era estranho acordar num espaço tão apertado, com o ar viciado, tendo como única iluminação a luz que se infiltrava pelas fissuras da persiana. A dor no meu pulso havia desaparecido, tendo permanecido apenas uma marca azulada para me lembrar do ataque.

Virei-me para o Urso, para lhe contar sobre o homem que eu tinha visto lá fora na noite anterior. Mas ele, ocupando a maior parte do catre, continuava a dormir.

Para me distrair, comecei a pegar as pulgas que havia na palha e esmagá-las com os dedos. Como o Urso não acordasse, fui ficando cada vez mais impaciente e saí do quarto, descendo as escadas para chegar ao andar principal da estalagem.

Parei no meio do caminho. O cheiro de vinho era forte e misturava-se ao do pão recém-assado, ainda mais intenso. Pela porta aberta, uma luz brilhante jorrava no aposento. A chuva havia parado. O salão da taverna estava lotado.

Havia negociantes e camponeses, homens de uniforme e, aqui e ali, algumas mulheres. A maioria estava vestida com roupas escuras e de um marrom grosseiro, mas algumas usavam roupas coloridas muito elegantes, debruadas de pele. Entre os capuchos e capuzes, viam-se chapéus de uma variedade incrível.

As pessoas comiam grandes nacos de pão mergulhando-os em tigelas de vinho, empanturravam-se e partiam apressadas. A conversa, em voz alta e rápida, transcorria numa velocidade que eu não conseguia acompanhar. O que consegui entender referia-se principalmente à feira e que o dia estava glorioso.

A viúva Daventry a tudo presidia; ela falava mais alto do que todas as outras pessoas juntas. Distribuía imparcialmente filões de pão e tigelas de vinho pelas mesas e de vez em quando dava bofetadas nos homens ou trocava insultos com alguma língua atrevida, mesmo enquanto ia colocando as moedas na bolsa – o pão custava uma moeda, o mesmo preço do vinho.

Enquanto eu observava, mais pessoas chegaram, sentaram-se e comeram. Entre a multidão vagavam cães sarnentos. Cheguei a ver um porco, fuçando o que havia caído no chão. Ninguém pareceu notar ou se importar.

A certa altura, observei um rapaz entrar e ficar parado na soleira, examinando a multidão com o olho. Digo *o olho* porque o reconheci imediatamente como o caolho que tínhamos visto na primeira cidade em que o Urso e eu nos apresentamos.

Subi correndo alguns degraus.

Sua inspeção, contudo, foi breve, pois logo ele se virou e saiu da estalagem.

Lembrei que o Urso havia contado que as pessoas percorriam grandes distâncias para participar da feira. Ainda assim, fiquei me perguntando se seria mera coincidência ele ter vindo até a porta do Homem Verde. Será que estava me procurando? Ou ao Urso?

Precipitei-me em direção ao quarto para contar tudo ao Urso, mas ele ainda estava dormindo. Relutando em acordá-lo, voltei à escada para ficar de guarda. Porém, quando me sentei num degrau, pareceu-me impossível evitar a sensação de que *alguma coisa* perigosa estava para se abater sobre nós. Vieram-me à mente as armadilhas que o Urso usava para apanhar as aves que comíamos: um laço invisível, amarrado com firmeza, até que as aves, sem dele desconfiar, fossem apanhadas. Talvez agora nós fôssemos essas aves.

43.

Já estava sentado havia não sei quanto tempo quando a viúva Daventry deu pela minha presença. Por um instante ela me fitou como se nunca tivesse me visto.

— Ei, garoto — chamou, evitando dizer meu nome, embora o soubesse muito bem. — Você devia estar na cozinha.

Pego de surpresa — pois ninguém tinha me dito que a cozinha era o meu lugar —, não protestei e desci a escada. Ela me pegou apressadamente pelo braço e tirou-me dali. Um ou dois homens gritaram, perguntando quem eu era, mas ela não respondeu.

– Onde está o Urso? – quis saber a viúva quando entramos no cômodo dos fundos.
– Dormindo.
– Você não deve ser visto – ela disse. – Ele deve ter-lhe dito isso.

Não respondi, presumindo que o Urso tinha lhe contado sobre o ataque que sofri e que ela sentia a necessidade de me proteger. Eu disse a mim mesmo que, se o Urso confiava nela, eu também deveria confiar.

Olhei ao redor. Estávamos numa cozinha cheia de comida. De um lado havia grandes barris. Pelo cheiro que vinha deles, continham vinho ou cerveja. Em outra parede havia um fogão de tijolos. Nas prateleiras das paredes havia filões de pão e tábuas para cortá-los. O cheiro que vinha deles era pura alegria, o suficiente para fazer minha boca se encher de água.

– Tome cuidado para que as tortas que estão no forno não queimem – disse-me a mulher, passando-me um utensílio de cozinha semelhante a uma pá de madeira. – Coloque as que já estiverem assadas ali em cima – ordenou, apontando uma prateleira. – Ali fica o pão que está pronto para ser assado – acrescentou, indicando um armário de madeira.

Então ela se retirou, não sem antes dizer com firmeza:
– E não saia daqui!

Dei uma espiadela no forno para observar as tortas que estavam assando. Enfiei nele o instrumento que a viúva me dera e puxei algumas. Vendo que ainda não estavam tão douradas quanto as que já se encontravam nas prateleiras, devolvi-as ao forno.

Enquanto esperava, sempre colocando mais madeira no fogão, olhei ao redor, surpreso com a quantidade de alimento que via. Preso no teto estava o maior pedaço de carne que eu já vira, todo coberto de moscas. Ramos de ervas – reconheci a salsa, a sálvia e o alecrim – pendiam do teto, bem como cebolas e alhos-porós. Nabos e repolhos repousavam nas prateleiras. E também litros de cereais. Jarras e tigelas de barro espalhavam-se pelas prateleiras, cheias não sei do quê. Cada coisa tinha um cheiro diferente, alguns agradáveis, outros não.

Depois de um certo tempo, tornei a examinar o forno. Agora as tortas estavam uniformemente douradas. Apressadamente, puxei-as para fora e tentei colocá-las nas prateleiras junto com as outras, mas queimei minha mão. Uma estava tão quente que me escapou dos dedos, caindo e espatifando-se no chão.

Em pânico, recolhi os pedaços e tentei juntá-los. Como não fui bem-sucedido, procurei um lugar para esconder o desastre, mas não encontrei nenhum e simplesmente comi a torta, engolindo os pedaços como um cão faminto.

Apesar do meu nervosismo – e da rapidez com que comi –, a torta me pareceu surpreendentemente boa, cheia de coisas deliciosas que eu nunca provara antes e cujos nomes me eram desconhecidos. Além disso, como saíra quentinha do forno, encheu-me de um calor agradável.

A viúva Daventry irrompeu na cozinha.

– Você tirou as tortas do forno?

Sentindo-me culpado, respondi:

– Coloquei-as na prateleira.

Ela olhou para as tortas e, em seguida, para mim.

– Com exceção da que você comeu – disse ela. Abrindo o armário de madeira, dele tirou cinco filões de pão ainda não assados. – Asse estes pães – ordenou –, mas não coma mais – advertiu ao sair apressada da cozinha.

Constrangido, fiz o que ela mandou, dessa vez tomando muito mais cuidado. Mas confesso que a lembrança da delícia que eu comera ficou por muito tempo em minha boca.

Depois de um certo tempo, a viúva Daventry voltou.

– Agora venha comigo – disse ela e levou-me para o salão da taverna, já vazio de clientes. O que restara eram migalhas de pão pelo chão e canecos quase vazios sobre as mesas.

– Recolha os canecos – ordenou. – E traga-os para mim.

Cumpri sua ordem. Ela apanhou os canecos, jogando no chão o que neles restara.

Trabalhamos em silêncio. Ela parecia tensa. Mas, então, como se estivesse pensando no assunto havia algum tempo, disse-me:

– Crispim, lamento tudo o que lhe aconteceu, mas você não poderia ter encontrado um senhor melhor do que o Urso. Em nome de Deus, faça com que ele se dedique à sua verdadeira vocação, o malabarismo e a música. Não deixe que ele se misture a pessoas que podem causar problemas. Pois – e olhou para mim como se eu soubesse de algo que não sabia –, se você não o ajudar, as coisas podem se complicar muito para vocês dois.

44. O Urso finalmente apareceu, despencando pela escada e exigindo seu desjejum. Não estava com o chapéu de dois bicos.

— Crispim — disse ele quando me viu de pé com a vassoura na mão —, com a viúva cobrando duas moedas por dia pela nossa hospedagem, é bom ver você trabalhando. Onde está essa gentil senhora?

— Na cozinha.

— Faça o favor de chamá-la.

Quando voltei, ela me fez carregar duas de suas tortas de carne e um caneco de cerveja, que coloquei diante do Urso.

— Ah, viúva — disse ele sorrindo —, estou feliz que o rapaz esteja pagando a nossa conta. Por Deus, todos precisam trabalhar honestamente para ganhar seu pão.

— E me parece que você também — disse ela.

— Sem dúvida — ele respondeu com a mão sobre o coração. — Só que agora de manhã preciso tratar de alguns assuntos. Mas não quero este garoto perambulando pela cidade outra vez. Vai ser uma bênção se você o mantiver ocupado e, assim, diminuir nossa dívida. Você conseguirá ocupá-lo?

A viúva Daventry, que não parecia muito satisfeita, enxugou a mão na saia.

— Sempre há trabalho na cozinha. Venha me procurar depois que ele for embora — disse-me ela e saiu da sala. Parou junto à porta e perguntou:

— Você vai encontrar o John Ball outra vez?

— Viúva — respondeu o Urso secamente, olhando para mim —, quanto menos se falar melhor.

Ela não gostou da resposta, mas nos deixou sozinhos.

— Crispim — disse-me o Urso entre bocados de comida e goles de bebida enquanto eu me punha do outro lado da mesa —, além de fazer o que ela mandar, você também precisa estudar sua música. Pratique no nosso quarto. Senão sua barulhada vai arruinar o negócio dela. – Agora – acrescentou, falando baixo para que só eu ouvisse –, depois das Nonas, quando eu tiver liquidado meus negócios, você e eu vamos sair de Great Wexly.

– Eu quero mesmo sair – disse eu, bastante aliviado. – Mas não posso ir com você já?

– Não se trata de nada que possa lhe interessar. De qualquer modo, é mais seguro para você ficar aqui.

– Acho que alguém está nos espionando – avisei.

– Explique-se.

– Você se lembra da primeira aldeia em que nos apresentamos? Você mexeu com um caolho.

– Mexi? Como?

– Você o aborreceu ao brincar com o caneco dele. Ele nos seguiu até a igreja de lá. Ouviu tudo quando o padre lhe contou sobre o garoto que matou o padre Quinel. E, quando se falou em uma recompensa em dinheiro, ele olhou bem para mim. E você se lembra de ter dito que hoje estaria aqui?

– Você é bom observador – disse o Urso, prestando mais atenção à sua comida do que a mim. – Mas e daí?

– Esse mesmo caolho esteve aqui na estalagem. Ele deu uma olhada e foi embora.

– Tem certeza?

Confirmei com a cabeça.

– Ele viu você?

– Acho que não.

O Urso franziu o cenho.

— Se for um espião, é pouco inteligente. Se estiver atrás de você, não temos com que nos preocupar. Vou resolver meu negócio rapidamente. Fique aqui e trate de não ser visto. Em seguida iremos embora.

— Mas, Urso, acho que também vi alguém do outro lado da rua ontem à noite.

— A mesma pessoa?

— Não sei.

— Crispim — disse ele —, para alguém tão pouco disposto a ver o mundo quando nos conhecemos, talvez agora você esteja percebendo coisas demais.

— Você tem me protegido — disse eu. — Acho que agora eu devo protegê-lo.

O Urso olhou para mim e sorriu.

— Gosto dessa preocupação. Quando eu for velho, vou lembrá-lo disso. Mas agora fique tranqüilo.

Quando o Urso finalmente se fartou de comer e bebeu, de um gole, o que restava de cerveja em seu copo, enxugou a boca com as costas da mão e levantou-se.

— Lembre-se — disse ele. — Desta vez você tem de ficar aqui. — Então, sem dizer mais nada, saiu para a rua.

Eu o segui até a porta da frente e o observei caminhando pela rua cheia de gente.

Só de vê-lo se afastar, já fiquei nervoso. E, enquanto o Urso se misturava à multidão, observei o caolho surgir na rua e procurar por ele.

Não estava sozinho. Um homem vestido com o uniforme azul e dourado da casa de lorde Furnival estava com ele. Além disso, o caolho apontou na direção que o Urso havia tomado.

Não tive dúvida: o caolho estava atrás do Urso, e não de mim.

Então, quando o caolho se virou em minha direção, corri para dentro. Não sei o que ele poderia fazer, mas corri até o cômodo dos fundos, saltei para o beco e comecei a correr. Assim que surgiu a oportunidade, fui para a rua principal e precipitei-me na direção que o Urso tomara. Eu tinha de avisá-lo.

45. Avistei o Urso quase imediatamente. Ele era tão alto, sua careca reluzia tanto, que foi fácil segui-lo enquanto avançava pela rua principal. Embora suas grandes passadas o mantivessem fora de meu alcance, consegui segui-lo sem ser observado.

Como era a festa de São João Batista, um dia de feira, as ruas de Great Wexly estavam ainda mais cheias do que no dia anterior. Todas as vielas e becos estavam lotados. O barulho era ensurdecedor.

Eu, que tinha todos os motivos para permanecer despercebido, agradeci a Deus pelo número de pessoas nas ruas, principalmente quando vi alguns soldados. Não soube dizer se estavam me procurando, ou ao Urso, ou apenas fazendo a ronda. Eu só sabia que devia evitá-los.

Talvez o Urso também os tenha visto, pois penetrou numa viela lateral estreita. Eu o segui. Nela, minha missão ficou mais difícil, pois ele caminhava mais depressa do que antes, virando para cá e para lá, quase como se soubesse que eu estava em seus calcanhares. Uma ou duas vezes achei que o tivesse perdido. Por sorte, sua enorme altura sempre acabava por revelá-lo.

Ele tinha avançado dessa forma durante algum tempo quando o vi entrar numa casa.

Era uma grande construção de madeira, de três andares, com o primeiro e o segundo andar inclinando-se bastante sobre a viela diante deles. No térreo, havia uma grande janela com persianas.

Sobre a porta havia uma tabuleta com uma bota pintada nela. Isso indicava que ali se fabricavam e vendiam botas e sapatos.

A princípio, fiquei escondido, os olhos grudados na porta para ver se o Urso tornaria a aparecer. Ele não saiu, mas outros homens entraram na casa, alguns deles examinando ao redor, enquanto entravam. Era como se também temessem ser vistos.

Preocupado com a possibilidade de o Urso ficar aborrecido comigo por eu ter desobedecido às suas ordens pela segunda vez, resolvi não ir até ele, mas permaneci de guarda, com os olhos atentos para detectar o caolho, os soldados ou os homens de uniforme azul e dourado. Mas, embora a viela estivesse cheia de passantes, não vi ninguém que pudesse me causar preocupação.

Eu estava prestes a me aproximar para olhar pelas frestas das persianas da frente da casa, quando outro homem apareceu. Um homem baixo, vestindo uma ampla capa escura que escondia as roupas que usava. O capuz escondia-lhe os cabelos. Ele também olhou para os lados como para se certificar de que ninguém estava vendo o que fazia. Então, entrou na casa.

Era John Ball.

Não havia mais dúvida de que se tratava de mais um dos negócios perigosos do Urso, dos quais ele havia me advertido para me manter afastado. Não duvidei de que não seria bem-vindo se ele descobrisse que eu estava por ali.

Mesmo assim, a curiosidade tomara conta de mim. Ao passar diante da casa, descobri um corredor estreito em uma de suas laterais. Parei e olhei para os lados para ver se não estava sendo observado; então, entrei no corredor.

O corredor era estreito, mas avancei com facilidade até dar com um muro rústico de pedra. Como já tinha ido até ali, resolvi escalá-lo.

Do alto do muro espiei um pequeno jardim com flores e ervas. O jardim era cercado por três muros de pedra rústica, não muito mais altos do que aquele que eu acabara de escalar. Os fundos da casa funcionavam como o quarto muro. O lugar estava deserto.

Desci para o jardim.

Diante da parede dos fundos da casa, deparei com uma porta que haviam deixado entreaberta. Comecei a avançar naquela direção, mas fui detido pelo som de uma voz inflamada que dizia:

– ... ninguém, homem ou mulher, será escravizado por seu semelhante; todos serão livres e iguais entre si. Que todas as tarifas, obrigações e direitos feudais sejam abolidos imediatamente. Que a terra seja distribuída gratuitamente a todos os que pagam um aluguel de não mais que quatro moedas por acre anualmente. Os impostos injustos devem ser abolidos. Em vez de ditadas por tiranos fúteis, todas as leis serão elaboradas pelo consenso geral de homens comuns, íntegros e justos. Nosso rei legítimo reinará sobre todas as pessoas, mas sem parlamentos ou conselheiros privilegiados ou corruptos. A Igreja, tal como existe hoje, deverá ser dissolvida. Padres e bispos corruptos devem ser expulsos de nossas igrejas. Em seu lugar ficarão padres santos e sinceros, que não terão mais riqueza ou direitos do que o homem comum...

Quanto mais eu ouvia, mais me surpreendia por entender tudo o que John Ball estava dizendo, e tudo o que ele, na verdade, estava descrevendo era como eu tinha vivido até então, e como essa existência era errada e podia ser corrigida. Mas, à medida que continuava a falar, também percebi que essa atividade era perigosa e representava nada menos do que uma rebelião contra o reino da Inglaterra.

Afastando-me da porta, consegui escalar o muro e voltar apressadamente pela viela estreita até a rua. Minha intenção era voltar à estalagem para aguardar o Urso e nossa partida de Great Wexly.

Antes de sair do corredor pelo qual entrara, tive o cuidado de olhar para os dois lados da viela para ver se estava sendo observado. Foi assim que descobri um grupo de soldados descendo a rua.

Eram os mesmos que eu tinha visto junto às muralhas da cidade, usando armadura e elmos de metal enferrujado. Nas mãos, espadas de lâmina larga. De suas cinturas pendiam adagas.

Eram liderados por um homem com uma cota de malha sobre a túnica azul almofadada. Seu elmo exibia um penacho azul e dourado. Reconheci-o como John Aycliffe. Ao seu lado estava o caolho.

46.

Precipitei-me de volta para o corredor, sempre olhando para trás e observando os soldados quando se detiveram. O caolho apontou a tabuleta com a bota pendurada na casa em que o Urso e John Ball haviam entrado.

No momento em que mostrou a casa, não tive dúvida quanto às intenções de John Aycliffe.

Sem perder tempo, corri pelo corredor estreito, escalei o muro e escorreguei para o jardim uma segunda vez. Desta feita, contudo, não parei junto à porta dos fundos, mas a escancarei.

Avistei uma sala pequena, cheia de bancos, onde estavam sentados cerca de sete homens, entre eles o Urso. Diante deles, em pé, estava John Ball.

– Urso – gritei –, os soldados estão aí!

Ao ouvir minha voz, ele saltou e rodopiou para me encarar.

– Onde?

– Na rua.

Exatamente no momento em que falei, ouviu-se um grande estalido na frente da casa: a porta estava sendo arrombada.

– Fomos traídos – trovejou John Ball. – Salve-se quem puder!

Houve uma correria em direção à porta dos fundos, quando os homens, o Urso entre eles, trataram de fugir. Tive que pular de lado para não ser pisoteado.

Quando os homens chegaram ao jardim, o Urso assumiu o comando. Valendo-se de sua altura e força, ele colocou facilmente os homens, um a um, sobre o muro dos fundos. De lá, com a maior rapidez, eles saltaram para o outro lado e desapareceram.

O último a fugir foi John Ball.

Do alto do muro, o padre hesitava e gritava:

– Urso, não desanime. Tenha fé em Deus todo-poderoso e em mim. Vamos nos reunir de novo esta noite no Cervo Branco. – Em seguida, também desapareceu.

O Urso olhou ao seu redor.

– Crispim – disse ele, estendendo-me os braços.

Eu corri até ele, que me ergueu e me colocou sobre o muro. Dali, vi um beco estreito por onde pessoas passavam; uma ou duas olharam para mim com uma curiosidade despreocupada. Ao longe, dobrando a esquina, pude ver John Ball fugindo.

Olhei para trás, na direção do Urso. Ele havia acabado de escalar o muro quando os soldados saíram da casa para o jardim.

– Fuja, Crispim – gritou. – Saia da cidade. É a você que eles querem, não a mim.

Pulei para o beco. Mas, em vez de correr, fiquei parado naquele lugar. Com o coração aos pulos, procurei ouvir o que se passava do outro lado do muro. Só ouvi gritos:

– Peguem-no! Segurem-no!

Em seguida, vieram os ruídos de golpes. Por fim, parecendo vir de uma distância maior, ouvi gritos e mais gritos. Em seguida, o silêncio.

Nervoso e sem saber exatamente o que fazer – socorrer o Urso ou me pôr a salvo –, hesitei. A culpa e o medo me atormentavam na mesma proporção. Como não conseguiria ficar sem saber o que havia acontecido, escalei novamente o muro e espiei o jardim.

Estava tudo vazio.

Pulei o muro, atravessei o jardim, corri em direção à porta e entrei na casa.

A sala onde a reunião ocorrera estava toda em desordem, e não havia ninguém nela.

Do lado oposto à porta pela qual eu entrara havia outra porta aberta. Passei por ela e encontrei uma desordem ainda maior. Havia várias mesas de trabalho baixas viradas. Sapatos, chinelos e botas – em diferentes estágios de fabricação – espalhavam-se pelo cômodo.

Passei por outra porta e encontrei-me na sala da frente da casa. Em duas mesas montadas sobre cavaletes havia sapatos e botas. Um soldado em pé olhava pela porta arrombada.

Ele virou-se e me viu:

– Pare! – gritou.

Dei meia-volta rapidamente e corri pelos cômodos pelos quais havia entrado, fugindo para o jardim. Saltando sobre o muro, escapuli pelo estreito corredor que corria ao lado da casa.

Ao chegar à rua, olhei rapidamente para um lado e para o outro, vi que estava tudo livre e comecei a correr.

Nunca vou saber se o soldado veio atrás de mim. Tudo o que eu sabia é que o Urso havia sido levado por John Aycliffe. Tudo acontecera como eu temia. Tínhamos caído numa armadilha.

47. Desesperado por descobrir para onde o Urso havia sido levado, precipitei-me pelas ruas da cidade, parando mais de uma vez e abordando pessoas estranhas:

– O senhor viu uns soldados levando um homenzarrão de barba vermelha?

Duas pessoas me disseram que tinham acabado de ver um homem como o que eu descrevia sendo arrastado. E também me indicaram a direção que os soldados haviam tomado. Tratei de correr.

Então, como já havia acontecido, irrompi inesperadamente na grande praça da cidade. Apesar de ela estar cheia de gente, consegui ver um grupo de soldados cruzando-a do outro lado. As pessoas apressavam-se em deixá-los passar.

Misturando-me à multidão e abrindo caminho às cotoveladas entre as pessoas, mesas e bancadas, consegui ver os soldados – com Aycliffe – conduzindo o Urso pelas portas abertas de um grande edifício. Era o prédio que já eu havia observado, o que se erguia no lado oposto ao da catedral.

Assim que os soldados entraram com o Urso, as portas se fecharam. Guardas armados, com elmos e armaduras brilhantes, além do uniforme azul e dourado, postaram-se diante delas.

Parado onde estava, fui assaltado por ondas alternadas de raiva e impotência. E dizer que tudo acabara assim! Agoniado, fiz o sinal-da-cruz e rezei pela segurança do Urso. Contudo, eu tinha pouca esperança de que essa oração levaria conforto ou liberdade a meu único amigo de verdade. Se ele tivesse dado ouvidos à minha advertência...

Então, com medo de ser notado, coloquei-me atrás de um homem alto e espiei, colado a ele, tentando adivinhar para onde o Urso havia sido conduzido.

– Que edifício é aquele? – perguntei.

– O palácio dos Furnival – respondeu o homem. – E que Deus proteja nossa senhora.

Continuei a olhar para o edifício como se pudesse enxergar através das paredes de pedra e descobrir o que estava acontecendo lá dentro. Isso, evidentemente, revelou-se inútil, mas consegui ver um homem no terraço do primeiro andar, o terraço sustentado por cabeças de leão de pedra que se projetavam. Era John Aycliffe.

Ele examinava a praça como se estivesse procurando alguém. Quando olhei para ele, não tive dúvida de que era a *mim* que estava procurando. Fitei-o com o coração cheio de ódio, até que ele se virou e voltou para dentro.

Aycliffe prendera o Urso para conseguir pôr as mãos em mim.

Sem saber o que fazer, voltei para o Homem Verde. Embora desconsolado, fiquei alerta com relação aos soldados. Vi alguns deles, mas acho que eles não me viram.

Por sorte, a essa altura eu já conhecia bem a cidade e logo cheguei à estalagem. Mas, ao me lembrar do caolho, entrei pelos fundos.

A casa estava em silêncio. Embora soubesse que deveria entrar e contar à viúva Daventry o que havia acontecido, estava atormentado demais e sentia a necessidade de ficar um pouco sozinho, de recompor-me e pensar no que faria em seguida. Assim, esgueirei-me em silêncio até o quarto.

Como era de se esperar, o aposento estava vazio. Mas ver a sacola e o chapéu do Urso em um canto comoveu-me muito.

Exausto, deitei-me na cama de palha, com a mente agitada por um redemoinho de imagens, coisas e palavras. A toda hora vinham-me à cabeça as mesmas perguntas: O que fariam com o Urso? O que *eu* deveria fazer? A verdade é que me sentia paralisado.

Tomado pela solidão, remexi na sacola do Urso, encontrei sua flauta e toquei uma melodia. Era a primeira que ele havia me ensinado. Porém, ouvi-la encheu-me de tanta tristeza que pus o instrumento de lado. O silêncio era a única voz que podia falar comigo.

Contudo, enquanto estava deitado – e não sei por quanto tempo –, ouvi uma grande confusão. A princípio pareceu-me que vinha da rua. Antes que eu conseguisse determinar do que se tratava, ouvi um estrondo que abalou a casa inteira.

Sentei-me e fiquei ouvindo com atenção.

Agora o tumulto – gritos e imprecações – vinha de dentro da casa. Ouvi um grito, seguido pelo barulho de madeira se quebrando e outros indícios de uma enorme violência.

Saltando da cama, fiquei sem saber o que fazer até me lembrar do esconderijo de que o Urso havia me falado. Levei poucos segundos para tirar a tábua da parede como ele havia me mostrado. Alojei-me então na abertura da parede, levando a sacola e o chapéu do Urso comigo. Assim que recoloquei a tábua no lugar, fui envolvido pela escuridão. Não ousava me mexer.

Logo depois, ouvi passos pesados irrompendo no quarto, bem perto do meu esconderijo.

— Ele também não está aqui – ouvi uma voz gritar, seguida pelo ruído de coisas se quebrando e, por fim, por passos que se afastavam.

Apertei o ouvido contra a parede. Quando tive certeza de não havia ninguém ali, saí de meu esconderijo. O quarto havia sido completamente revirado. A pequena mesa fora arrebentada. A palha do catre espalhava-se pelo chão.

Com extremo cuidado, fui até o corredor, que estava deserto. No topo da escada, parei para ouvir novamente. Do andar inferior, vinha um som de choro.

48.

Desci a escada. Quando cheguei ao salão da taberna, tive um choque ainda maior. As mesas haviam sido arrebentadas. Os bancos tinham sido quebrados. O balcão fora derrubado. Os canecos de cerveja e vinho espalhavam-se pelo chão. Muitos estavam quebrados.

A viúva Daventry estava sentada no meio das ruínas. Estava toda encolhida e chorava. Sua touca de linho jazia no chão. Seus cabelos, desarrumados, caíam por suas costas largas. Seu avental estava rasgado.

Com medo de revelar minha presença, fiquei imóvel no umbral da sala, tentando entender o que havia acontecido. Devo ter feito algum ruído, pois a mulher se sobressaltou e se voltou. Ela me viu e virou rapidamente a cabeça. Mas foi o suficiente para que eu visse os ferimentos em seu rosto, os olhos vermelhos, a boca murcha da qual escorria um fio de sangue. Ela respirou fundo e parou de chorar.

Quando me coloquei ao lado dela, ela ergueu a cabeça, olhou para mim e levantou a mão uma ou duas vezes, como se estivesse tentando fazer as palavras virem-lhe à boca. Mas não veio nenhuma. Era como se ela estivesse completamente vazia de vida.

– Viúva... – gaguejei – o que... aconteceu aqui?

– Os soldados – balbuciou. – Lá do palácio. Estão atrás de você.

– Eles vão voltar?

– Talvez – disse ela, exausta.

Embora eu tivesse decidido rapidamente não lhe contar que estivera na casa, não sabia o que lhe dizer.

– Se... eles me encontrarem – perguntei, na esperança de que ela me desse uma resposta diferente –, o que vão fazer comigo?

– Matá-lo – disse ela. Gemendo devido ao esforço, a mulher se levantou e examinou a desordem com um olhar desanimado. Então viu a touca no chão, pegou-a e passou os dedos pelos rasgões.

– Você sabe por quê?

Aborrecida, ela atirou a touca para longe.

– É melhor perguntar ao Urso.

– O Urso... foi levado preso – disse eu.

Ela teve um sobressalto.

– Por quem?

– Pelos soldados.

– Quando?

Deprimida como ela estava, minhas notícias abateram-na ainda mais. Desajeitadamente, endireitou um banco e sentou-se pesadamente nele. Seu próprio peso parecia ser demais para ela.

– Conte-me o que aconteceu.

Eu contei-lhe tudo.

Ela ouviu com atenção, murmurando orações e coisas profanas.

Quando terminei, ela disse:

– Que Jesus o proteja – e fez o sinal-da-cruz. Então, seus dedos trêmulos buscaram as contas de um rosário.

– O que vai acontecer com ele? – perguntei.

– Que Deus lhe conceda a graça de uma morte rápida – ela respondeu, apertando as mãos. As lágrimas começaram a rolar pelo seu rosto outra vez. Com um gesto rápido e agitado, ela tratou de enxugá-las.

Eu fiquei onde estava, embaraçado e mal conseguindo respirar.

– Ouvi John Ball gritar que tinha sido traído – disse eu.

A mulher cuspiu no chão e disse:

– Cuidado com os homens que confundem sua retidão com a vontade Deus. Eles provavelmente nem sabem que Ball esteve aqui. É a você que eles querem. Eu avisei o Urso.

Ela tornou a olhar para a destruição à sua volta como se não conseguisse acreditar no que via.

– Viúva – perguntei –, o que devo fazer?

A princípio, ela não respondeu. Finalmente disse:

– Você não pode ficar aqui. É perigoso demais. Para você e para mim. Eles vão tentar fazer o Urso dizer onde você está. Mas, mesmo que o façam revelar seu paradeiro, é provável que não acreditem nele, pois já estiveram aqui e não o encontraram. De qualquer modo, o Urso vai-se esforçar por não dizer nada que possa prejudicá-lo. Ele gosta demais de você. – Então, acrescentou: – Mas mesmo os mais fortes podem ser dobrados pela tortura.

– *Tortura!* – gritei.

– Esta noite, depois do toque de recolher – prosseguiu –, você deve fugir da cidade. Enquanto isso, nem pense em vir a esta sala. Fique lá em cima. O Urso mostrou-lhe onde se esconder?

Respondi afirmativamente com a cabeça.

– Então ande. É lá que você precisa ficar.

Subi a escada e voltei ao quarto. Depois de entrar no pequeno esconderijo, fechei-me dentro dele, saudando a escuridão como a única companhia segura para o meu desespero. Tanta coisa ruim havia acontecido, e tudo por minha causa.

49.

Não sei quanto tempo se passou até eu ouvir baterem na tábua que me mantinha escondido.

– Abra – sussurrou a viúva Daventry.

Empurrei a tábua. Ela havia me trazido uma tigela de sopa e um pouco de pão.

Agradecido, peguei a comida e comecei a comer, embora estivesse quase envergonhado por sentir tanta fome.

– O que você ficou fazendo? – ela perguntou depois de pousar a pequena vela que trouxera.

— Pensando no Urso.

— Ah — disse ela suspirando. — Fez bem. Crispim, perdoe-me por ter ficado zangada com você. Deus sabe que você não é culpado. — Ela ficou em silêncio por um instante.

— O Urso falou-lhe de mim? — ela perguntou de repente.

— Não — respondi.

— Dois maridos. Sete filhos. Nenhum vivo. E, no entanto... eu continuo viva — disse ela estendendo a mão pesada e pousando-a em meu ombro. — Crispim — murmurou —, será que Deus sabe o que faz?

— Eu... não sei.

Com a cabeça baixa, ela começou a chorar outra vez. Tomei-lhe a mão áspera e apertei-a.

Ela levou pouco tempo para se recompor.

Com cuidado, perguntei:

— Viúva, você sabe ler?

Ela me lançou um olhar vago.

— Um pouco. Por que você está perguntando?

— Você pode me dizer o que está escrito... aqui? — disse eu, estendendo-lhe minha cruz.

Ela a pegou e virou-a na palma da mão.

— É da época da Grande Peste — disse ela. — Não preciso ler o que está escrito aqui. O Urso já me contou.

— Contou?

Ela confirmou com a cabeça.

— Aqui diz "Crispim, filho de Furnival".

Olhei para ela.

— Você é filho de lorde Furnival.

– Como é possível?

– Quem você achava que era seu pai?

– Minha mãe só dizia que meu pai tinha morrido antes de eu nascer. Na Grande Peste.

Ela balançou a cabeça.

– Crispim, para esses nobres, ter filhos fora do casamento é uma coisa comum.

– E o Urso sabia disso? – consegui perguntar.

– Sabia.

– E ele lhe contou?

Ela confirmou com a cabeça.

– Ele soube pela cruz e pelo que aconteceu com você – disse ela, devolvendo-me a cruz.

Peguei-a.

– O que mais o Urso disse?

Ela suspirou.

– Ele acha que sua mãe era ligada à corte de lorde Furnival. Que ela era uma dama jovem e bonita que sabia ler e escrever. O Urso acha que ela era bonita, o suficiente para atrair a atenção de lorde Furnival. Furnival deve tê-la levado, sem dúvida contra a vontade dela, para a sua aldeia. Mas, quando ela ficou grávida de você, ele a abandonou, deixando ordens para que fosse mantida naquele lugar. Não morta, mas sem poder sair de lá.

– Por *minha* causa?

– Sim.

– Por que o Urso não me contou?

– Ele queria protegê-lo.

— Do quê?

— Crispim — disse ela —, por mais nobre que seja o sangue que corre em você, ele não passa de... *veneno*. Lady Furnival, que agora está no poder, nunca vai deixar que você use o nome Furnival. Vai vê-lo como inimigo, pois sabe que qualquer um que se oponha a ela vai tentar usar você e o que você é.

— Ela sabe que eu existo? — perguntei, espantado.

Como a mulher nada respondesse, repeti a pergunta.

— Se ela sabe o que eu sei, é possível que sim — respondeu a viúva.

— O que você quer dizer com isso? — gritei.

— Crispim, não tenho certeza, mas se os boatos da época, de treze anos atrás, forem verdadeiros, acho que sei quem era sua mãe. Ela era a filha mais nova de lorde Douglas. Lorde Furnival apaixonou-se por ela. Só se falava nisso na cidade. Então espalharam que essa jovem havia morrido. Aparentemente, não morreu.

— Que diferença isso faz? — perguntei com amargura. — Agora ela está morta.

— Mas, se lorde Douglas souber que sua filha teve um filho de lorde Furnival, vai reivindicar a fortuna dos Furnival por meio de você. E, se lady Furnival também souber de você, ela vai fazer de tudo para garantir seu poderio aqui. Sua origem não garante nenhuma honra. Nem posição. O que eles temem não é você, mas que você seja usado. Dá para entender? Seu sangue nobre é que está decretando a sua morte. E vai ser assim até ele deixar de correr.

Eu olhei para ela e perguntei:

– O Urso sabia dessas coisas sobre a minha mãe?

– Eu não contei nada a ele.

– E por quê?

– Ele o via como um filho. Para que aumentar a distância entre vocês? Crispim, se lhe servir de consolo, saiba que é bem provável que você não vá ser o único a reivindicar a fortuna dos Furnival. Se levarmos em conta a reputação de lorde Furnival, é provável que você seja apenas um entre muitos. Os Furnival vão querer vocês *todos* mortos.

– Mas... eu não estou reivindicando nada.

– Os que sabem de sua existência temem que você possa reivindicar. E é por isso que você deve fugir o mais rápido possível e nunca, nunca mais, voltar a estas paragens.

Ela estendeu a mão áspera e tocou em meu rosto com delicadeza.

– Que Jesus o proteja – disse antes de sair.

50. Depois que a viúva Daventry saiu, tornei a me deitar e, no isolamento de meu esconderijo, segurei a cruz de chumbo diante de meus olhos. Embora nada enxergasse, fiquei fitando-a.

Enquanto a fitava, comecei a perceber como as coisas que eu acabara de descobrir explicavam a maneira como minha mãe e eu vivemos durante tantos anos.

O que ela dizia sobre meu pai. Poucas palavras amargas.

A menção do padre Quinel de que ela sabia ler e escrever, mas sem nunca me revelar isso.

A maneira como o povo da aldeia de Stromford nos via como diferentes.

O fato de Aycliffe me tratar com tanto desprezo.

O fato de ela me chamar de "filho de Asta", já que eu era tudo o que possuía e era o máximo que podia dizer. Mas, mesmo assim, ela me batizou secretamente com o nome de meu pai.

Não era de estranhar que, por vezes, ela se agarrasse a mim e, com a mesma freqüência, me repudiasse. Eu era a sua vida. Ela se preocupava comigo. Contudo, eu era a prova de sua ruína.

Éramos estranhos em Stromford. Prisioneiros indesejáveis.

Então, chegou o mensageiro com o documento, provavelmente anunciando a morte iminente de lorde Furnival. A proteção que ele nos oferecia – por menor que fosse – deixava de existir.

Foi só então que as palavras que ouvi na floresta começaram a fazer sentido:

"E eu devo agir imediatamente?"

"É exatamente a ordem dela. Você não é parente dela? Não percebe as conseqüências se não agir?"

"É um grande perigo para todos nós."

O *dela* referia-se a lady Furnival.

Dizer que eu tinha roubado dinheiro foi apenas uma desculpa de Aycliffe para me declarar cabeça-de-lobo. Ele estava tentando me matar porque sabia quem eu era. Não, não quem *eu* era, mas quem era meu pai. Por mim, como dissera a viúva Daventry, ninguém dava sequer um vintém de mel coado.

O padre Quinel devia saber a verdade. E foi morto. Mais uma vez, a mão de Aycliffe.

E o Urso soube disso tudo, mas não me contou nada. Estava me protegendo do veneno que corria em meu sangue. Agora que fora apanhado, ele provavelmente seria morto. Tudo por minha causa.

Não, eu tinha de me lembrar disso. Não por minha causa ou por alguma coisa que eu tivesse feito, mas porque eu era filho de lorde Furnival. A única pergunta, agora que eu conhecia minha origem, era o que deveria fazer.

Pois estava claro que eles haviam prendido o Urso para pôr as mãos em mim.

51.

Fiquei em meu esconderijo o resto do dia pensando. Assim, continuava a reunir os fragmentos de minha vida e juntá-los até formarem um mosaico.

O tempo todo eu me perguntava se me sentia diferente, se eu *era* diferente. A resposta era sempre *sim*. Eu deixara de ser um nada. Havia me tornado duas pessoas: o filho de lorde Furnival e... Crispim.

Como era estranho: foi necessário minha mãe morrer, o padre Quinel ser assassinado e desejarem me matar para que eu reivindicasse uma vida própria.

Mas que tipo de vida?

Acho que algumas pessoas considerariam uma bênção eu descobrir ter sangue nobre. Mas eu sabia que esse sangue, como dissera a viúva Daventry, não passava de veneno. O fato de lorde Furnival ser meu pai era um fardo cruel. O Urso, durante o pouco tempo que convivi com ele, foi um pai mil vezes mais verdadeiro para mim.

Pela primeira vez, comecei a pensar nas palavras de John Ball. Elas faziam sentido. E do que eu mais lembrava era: "Ninguém, homem ou mulher, será escravizado por seu semelhante; todos serão livres e iguais entre si."

Também lembrei que o Urso me dissera que ele era um tolo por "querer entrar no céu antes de morrer".

Então me dei conta de que o Urso e Ball estavam usando a mesma palavra empregada pelo padre Quinel: liberdade. Algo que eu nunca tivera. Nem qualquer outra pessoa de minha aldeia ou das outras aldeias pelas quais passáramos. Vivíamos em cativeiro.

Ser um Furnival significava fazer parte desse cativeiro.

À medida que o tempo passava em meio à escuridão de meu esconderijo, a única coisa de que eu tinha certeza era que o Urso havia me ajudado a me libertar, que ele me dera uma vida. Então, resolvi ajudar a libertá-lo, mesmo que isso me custasse essa nova vida.

52.

Pouco depois de os sinos anunciarem as Vésperas, no final da tarde, a viúva reapareceu.

— Achei alguém que vai ajudá-lo a fugir de Great Wexly – disse ela. – Vai ser esta noite. O homem conhece uma maneira segura de passar por cima das muralhas. Se tudo correr bem, você não será visto.

— Mas e o Urso?

— Por Deus, Crispim – disse ela –, você não pode ajudá-lo. Ele já está perdido – e preparou-se para sair do quarto.

– Para onde acha que eu devo ir? – perguntei-lhe.

Ela deu de ombros.

– O mais longe possível.

– O Urso falou em ir para a Escócia.

– Talvez seja mesmo melhor você sair do reino.

– Eu não sei onde fica a Escócia.

– Ao norte – disse ela.

– Quando é que esse homem vem? – perguntei.

– Depois das Completas... e do toque de recolher. Reze para que o céu esteja nublado.

– Por quê?

– Porque vai estar bem mais escuro.

– Viúva – eu disse quando ela se dirigia para a porta –, onde fica o Cervo Branco?

– Perto do Portão Oeste. Por que você está querendo saber?

Sem mencionar John Ball, que ela parecia detestar, eu disse:

– O Urso me falou desse lugar.

Ela deu um sorriso amargo:

– Tenho certeza de que o Urso, que Deus o proteja, falou de muitas tavernas.

Adormeci e só acordei com o som dos sinos. Pouco depois, ouvi um barulho de passos fora. Então, ao longe se ouviu: "É hora das Completas. O toque de recolher já está em vigor. Ninguém pode permanecer nas ruas."

Pouco depois, a viúva apareceu carregando uma lanterna.

– O homem está aqui. Está na hora – disse ela.

Levantei-me e certifiquei-me de pegar a sacola e o chapéu do Urso. Também peguei algumas moedas que tínhamos ganhado e coloquei-as no bolso. Por fim, levei a mão ao pescoço para ter certeza de que minha bolsinha de couro estava lá. Não queria deixar para trás meu único bem: a cruz de chumbo.

– Viúva – eu disse –, quero pagar pela hospedagem.

– Não seja bobo. Você vai precisar de tudo o que tiver.

Ela desceu as escadas comigo. Na escuridão da taverna vazia vislumbrei um homem. Era mais para o baixo, com um ombro mais alto que o outro. Sua roupa – cota, calças e botas – era escura. Seu rosto era repulsivo, com um pano sujo enrolado no pescoço. A boca era um rasgão estreito.

– Que Deus o proteja – eu disse a ele.

– E a você também – respondeu o homem, evitando meus olhos.

A viúva Daventry levou-nos até a porta dos fundos. Antes de alcançá-la, apagou a lanterna. Só então abriu a porta.

– É noite de lua cheia – sussurrou. – Tome cuidado. Que Deus o proteja.

– Que Deus a abençoe por sua ajuda – repliquei.

Num impulso, ela estendeu os braços e me deu um abraço apertado; então, com um suspiro, empurrou-me.

Entrei no beco. O homem veio atrás de mim depois de ter fechado a porta.

– Siga-me – disse ele.

Sem olhar para trás, começou a caminhar. Ele arrastava um dos pés ao andar, o que produzia um leve som de arranhado.

Olhei para o céu claro com sua lua cheia brilhante. Fosse um bom ou mau presságio, passou-me pela cabeça que eu talvez nunca mais visse o sol.

53. Meu guia não proferiu uma única palavra enquanto caminhamos pelas vielas e becos estreitos. Nem uma única vez pusemos os pés na rua principal. Mas, quando ouvimos a ronda se aproximando, corremos para nos esconder num canto escuro. Segurando a respiração, esperamos que ela passasse.

Foi então que eu disse:

– Preciso que você me leve à taverna do Cervo Branco.

– Disseram-me para levá-lo até as muralhas – respondeu ele.

– Mostre-me o lugar e eu não o incomodarei mais. E vou pagar pelo serviço – anunciei, tirando algumas moedas do bolso.

Ele estendeu a mão, que o luar revelou ter apenas três dedos. Deixei as moedas caírem nela.

Por um instante, ele pareceu estar avaliando o dinheiro.

– Não fica longe – disse ele e saiu mancando.

Depois de passarmos por um emaranhado de becos lamacentos, chegamos ao final de uma viela escura.

– É ali – disse o homem, apontando.

Não havia nenhuma luz no local.

– Onde? – perguntei.

– Aquela casa ali – respondeu ele indicando uma construção estreita de dois andares no fim da viela.

Tornei a olhar para ela, mas quando me voltei para agradecer ao homem ele já havia desaparecido. Tudo o que ouvi foi o ruído de seu pé arranhando o chão no escuro.

Observei a casa que ele havia mostrado. O luar me permitiu ver uma tabuleta pendurada em cima da porta, com a figura de um cervo branco, fantasmagórico à luz páliada da lua. A casa aparentava estar a ponto de desabar e, além disso, parecia deserta.

Aproximei-me e bati de leve à porta grande e pesada. Não houve resposta.

Relutando em me afastar, aproximei o ouvido da porta e procurei escutar alguma coisa. Ouvi um som lá dentro. Entusiasmado, tornei a bater. A porta se abriu, guinchando. Não vi ninguém, mas uma voz perguntou:

– Quem é?

– Sou o aprendiz do Urso – sussurrei. – Ele foi preso.

A porta tornou a fechar-se.

Aproximei meu ouvido da porta outra vez. Eu tinha certeza de que tinha ouvido vozes. Talvez, pensei, estejam discutindo o que fazer.

A porta tornou a entreabrir-se.

– Qual é o seu nome? – perguntaram-me.

– Crispim.

– Entre – disse alguém enquanto entreabria a porta o suficiente para eu entrar.

Olhei ao redor. Uma vela pequena iluminava um pouco as sombras. O salão era bastante parecido com o do Homem Verde, mas era menor, com menos mesas e bancos.

Consegui vislumbrar cinco homens. Seus rostos eram indistintos, estavam parcialmente cobertos por capuzes, o que deixava claro que não queriam ser reconhecidos. Mesmo assim, tive a vaga sensação de que pelo menos alguns eram os que tinham se reunido na sapataria pela manhã.

— O que o traz aqui? — perguntaram-me.

Tive certeza de que era John Ball quem estava falando.

— O Urso foi preso — anunciei.

— Por quem?

— Pelos soldados. Os mesmos que invadiram sua reunião.

— Você sabe onde ele está?

— Foi levado para o palácio dos Furnival.

— Tem certeza?

— Eu os vi arrastando-o para dentro dele.

— Que Deus tenha compaixão de sua alma — disse alguém.

— Vão torturá-lo — interveio outra pessoa. — Vão fazê-lo revelar nossos nomes.

— Ele os ignora.

— Ele não vai entregar vocês — afirmei. — Tenho certeza. Ele é muito forte. Vai preferir morrer a fazer isso.

— Homens mais corajosos e mais fortes que o Urso sucumbiram à dor — disse um dos homens.

— E ele está mais fraco — disse o homem que achei ser John Ball. — Quando nos conhecemos, alguns anos atrás, ele estava pronto para aderir à nossa irmandade. Depois mudou de idéia.

— Ele diz que as coisas ainda não estão no ponto certo — disse eu.

— Como é que um jogral sabe dessas coisas? — perguntou alguém.

— Ele é espião — disse John Ball. — É seu dever sabê-las.

Essa revelação só confirmou o que já se sabia ser verdade. A única coisa que me surpreendeu foi eu mesmo não ter pensado nisso.

Então John Ball me disse:

— Por que você veio aqui?

— Preciso ajudar o Urso.

— Você não pode – disse outro homem. – O palácio é muito bem vigiado. Além disso, vão colocá-lo nas masmorras.

— Garoto – disse John Ball –, o Urso me contou que você é filho bastardo de lorde Furnival. Provavelmente foi por sua causa que descobriram nossa reunião. O Urso não se afastou de nossa irmandade? Como podemos ter certeza de sua lealdade? Se tiver bom senso, trate de ir embora agora mesmo.

— Fui eu quem os avisei do perigo – disse eu. – E foi o Urso que os ajudou a escapar.

Houve um movimento de mal-estar entre os homens.

— Ele está perdido – disse John Ball, contrariado. – Não podemos nos arriscar ainda mais.

Ouviu-se um murmúrio indistinto de aprovação.

— Alguém pode, ao menos, me levar até a praça? – perguntei.

— O que você acha que pode fazer?

— Não posso abandonar o Urso – respondi.

— Se você é mesmo quem dizem, eles provavelmente estão usando o Urso como isca – disse alguém. – Para apanhar você. Que vai fazer exatamente o que eles querem.

— Tenho de tentar.

— Eu o levo até lá – disse um dos homens aproximando-se.

54.

Alcançamos a praça um pouco depois de os sinos anunciarem as Matinas. Assim que chegamos, o homem que me conduzia desapareceu sem dizer uma única palavra.

Observei a praça. O luar brilhante revelou-me um mar de mesas e bancas vazias, abandonadas pelo enxame de comerciantes. Tudo jazia em um silêncio inquietante, que me lembrou da aldeia abandonada onde eu conhecera o Urso. Mas aqui, num dos lados da praça, erguia-se o palácio dos Furnival. A enorme construção estava às escuras, com exceção de duas janelas no primeiro andar. Ali brilhava uma luz fraca.

Do lado oposto da praça, a grande catedral erguia-se em toda sua majestade, com os vitrais brilhando debilmente como as brasas de uma fogueira que está se apagando.

Fiquei quieto e agucei os ouvidos. Ouvi um som de cânticos vindo da catedral. Os padres faziam suas primeiras orações. Suas vozes mescladas espalhavam-se pela praça como um vento que subia e descia.

"*Media vita in morte summus:*
Quem quaerimus adiutorem
Nisi te domine?
Qui pro peccatis nostre juste irascentis.
Sancte Deus..."

Fiz o sinal-da-cruz, implorando a São Gil que me guiasse e me ajudasse como nunca. Então, voltei-me para o palácio onde o Urso estava preso.

Enquanto eu me perguntava se ele ainda estaria vivo, observei um movimento nos portões centrais do andar térreo.

Escondendo-me atrás das bancas e das mesas desertas, aproximei-me do palácio. Quando espiei, vi dois guardas postados junto às portas principais. Um deles estava encostado na parede, com os braços cruzados no peito e a cabeça baixa. Parecia estar dormindo. O outro caminhava de um lado para o outro sem parar.

Avizinhei-me ainda mais e observei o edifício. Estava claro que não seria possível passar pelos guardas da entrada principal. Como eu encontraria um meio de entrar? Então, lembrei-me de ter visto John Aycliffe no terraço. Talvez o primeiro andar não fosse tão bem vigiado.

O problema era chegar lá.

Desloquei-me pela praça para examinar uma das laterais do palácio. Ali, várias outras construções amontoavam-se. E o luar revelou-me que só havia um vão estreito, entre o palácio e a construção seguinte. Não era muito mais do que uma fenda, insuficientemente grande para que um homem se comprimisse nela.

Mas eu ainda era menino.

Depois de esperar até que o guarda inquieto se afastasse o suficiente, corri para a fenda que descobrira. Era tão estreita que tive de avançar de lado.

Estava escuro demais, e eu não enxergava quase nada. Mas usava o tato para me localizar. As paredes do palácio eram de pedras irregulares. A parede oposta era de argila ou argamassa rústica.

Pus a sacola do urso no chão. Se conseguisse voltar, eu a recuperaria. E, se eu não voltasse, ela deixaria de ser importante.

Mal conseguindo me virar – era como se eu fosse uma espiga de trigo imprensada entre duas pedras –, pressionei as mãos contra a parede oposta. Usando as pontas dos dedos para descobrir pequenas reentrâncias e saliências, comecei a subir vagarosamente. Quando já estava suficientemente acima do chão, levantei as pernas e empurrei os pés contra a parede para conseguir me içar melhor. Com muito esforço, fui escalando a parede como uma aranha.

Não sei quanto tempo levei para chegar ao terraço. Ele era mais alto que o telhado da igreja de Stromford. Cheguei ao andar onde ele se localizava, mas ainda não era o local aonde eu precisava chegar. O terraço se projetava para além da parede frontal do palácio, e eu me encontrava em sua parede lateral.

Pressionando as costas contra a parede do palácio, enquanto meus pés se apoiavam na parede de argila, consegui me virar. Agora eu conseguia me manter com segurança no lugar e deixar as mãos livres.

Bem embaixo do terraço, projetava-se uma cabeça de leão de pedra com a boca aberta. Estendendo um braço ao máximo, consegui agarrar a mandíbula inferior do animal. Segurando-a com firmeza, soltei meu corpo da parede.

Fiquei pendurado, segurando a boca do leão com uma das mãos, as pernas soltas bem acima do chão e dos guardas. Ergui a outra mão e alcancei o terraço propriamente dito. Agora eu estava agarrado a ele com uma das mãos. Levantei a outra para poder ficar pendurado nele com as duas mãos. Com os pés, procurei outro ponto de apoio, erguendo-me com esforço até finalmente conseguir pular por cima da grade do terraço. Para meu grande alívio, não havia ninguém ali. Aparentemente, os guardas lá embaixo não tinham me visto.

Com as pernas tremendo devido ao esforço, fiquei em pé no terraço recuperando o fôlego. Não me atrevi a desperdiçar tempo; deslizei depressa para dentro do palácio por uma das portas entreabertas do terraço. Dei com um corredor estreito e escuro.

Não ouvi nem vi nada que pudesse me preocupar. No canto mais afastado do corredor, contudo, brilhava uma luz fraca.

Olhei ao meu redor. A área a que eu havia chegado era apenas um vestíbulo estreito. Avançando, percebi que havia portas dos dois lados. Pressionei o ouvido contra uma delas. Como nada ouvisse, empurrei-a.

À luz fraca da lua que penetrava por uma janelinha alta, só vi bandeiras em mastros de madeira.

Dirigi-me à outra porta, ouvi e também a abri. Em uma parede havia uma prateleira cheia de espadas simples. Na outra parede estavam expostas espadas de lâmina larga. Uma terceira apresentava adagas.

Peguei uma adaga e saí, fechando a porta atrás de mim.

Dirigi-me à saída do corredor, inclinei-me para espiar e... fiquei boquiaberto.

55.

Iluminada pela luz de velas que derretiam em castiçais presos à parede, vi uma sala enorme. Era muito maior do que qualquer sala que eu já vira, grande o suficiente para abrigar mais de trezentas pessoas. Toda Stromford poderia abrigar-se nela.

O teto de madeira era decorado com entalhes de flores e cachos de uva entrelaçados. As paredes exibiam vários painéis, finamente trabalhados, sobre os quais haviam sido pintadas figuras de santos.

No lado oposto àquele em que eu me encontrava, havia uma lareira gigantesca, com acabamento de pedra e azulejos pintados. Nela ardiam os restos de um fogo.

Próximo à lareira, num dos lados da sala, vi o que parecia ser uma escada.

Uma enorme mesa maciça estendia-se diante da lareira, ladeada por bancos e cadeiras. Sobre ela empilhavam-se restos do que devia ter sido um grande banquete. Ossos, pães, garrafas e tigelas espalhavam-se por toda parte, como se gigantes vorazes tivessem ali se reunido para jantar. Havia canecos e tábuas, facas e guardanapos, cálices – coisas que eu mal conhecia e num número que eu não conseguia contar.

Na penumbra, pude distinguir algumas portas nas paredes. Uma delas estava aberta. Do cômodo para o qual ela dava, emergia uma luzinha bruxuleante. Fui até ela e, movimentando-me com cuidado, espiei o aposento.

O lugar parecia-se muito com uma igreja, mas era uma sala. À primeira vista, parecia só conter ouro, ouro que ardia com uma riqueza que meus olhos mal conseguiam absorver. Essas superfícies de ouro eram incrustadas com inúmeras gemas, azuis, roxas e vermelhas, gemas que, à luz tremulante das velas, pareciam pulsar com vida própria. No conjunto, havia mais riqueza que eu jamais pensara pudesse existir neste mundo.

No fundo da sala havia um altar sobre o qual se erguia uma cruz de ouro brilhante. Diante dela ardiam algumas velas que iluminavam a sala. De um dos lados dessas velas havia caixas enfeitadas com gemas, que provavelmente continham relíquias de santos.

Fascinado com todo aquele esplendor, entrei na sala. Foi então que percebi que as paredes e o teto estavam cobertos de figuras de santos. Seus olhos escuros e profundos encaravam-me lá de cima com uma melancolia e uma sabedoria tão penetrantes que não tive dúvida de que examinavam o fundo de meu coração.

Então percebi que, no altar, havia uma única imagem. Estava do outro lado das velas, no lado oposto ao das caixas de relíquias. Ali, numa moldura incrustada de pedrarias, revelava-se a gloriosa Nossa Senhora, com seu manto azul flutuante.

Ajoelhado diante dela estava um cavaleiro com armadura completa, as mãos postas em prece, o rosto erguido para a Virgem.

Para meu completo espanto, reconheci o rosto do cavaleiro. Era o meu, o mesmo que eu tinha visto no rio quando o Urso cortou meu cabelo e me fez lavar o rosto. Mas agora, com toda a convicção, percebi que estava olhando para a imagem de meu pai.

Sentindo raiva e curiosidade, aproximei-me. O homem ajoelhado parecia muito devoto, em profunda adoração a Nossa Senhora. Contudo, eu o conheci de outra maneira: um senhor orgulhoso sem piedade ou consideração por minha mãe. Com relação a mim, perguntava-me se tinha idéia de que eu existia. Ao vê-lo em seu estado de exaltação, tive certeza absoluta de que eu não era ele. Não, de forma alguma. Eu era eu mesmo. Aquilo em que eu me transformara.

Então, caí de joelhos e, pondo de lado a adaga, pedi a Deus em Seu trono, com minha mãe a Seu lado, que julgasse lorde Furnival pelo que ele realmente era.

Estava completamente absorto, quando uma voz atrás de mim disse:

– Quem é você? O que está fazendo aqui?

Fiquei em pé num pulo e me virei.

Era John Aycliffe.

56.

O rosto de Aycliffe, duro, com a barba negra, o olhar penetrante e os lábios desdenhosos, era assustadoramente familiar. Quanto mais eu olhava para ele, mais meu pânico aumentava e meus olhos voltavam-se para o chão.

– Você – disse ele em meio ao silêncio. – O filho de Asta.

Erguer os olhos pareceu-me um sacrifício, mas acabei por erguê-los. Seu olhar exprimia um desprezo tão grande que sentia a raiva crescendo dentro de mim. Ali estava o homem que havia sido tão cruel para minha mãe. Que havia me tratado com desdém e queria a minha morte. Que havia assassinado o padre Quinel. Que havia prendido o Urso.

– O cabeça-de-lobo – disse ele. – Como é que um camponês imundo como você ousa pôr os pés neste lugar? – acrescentou, voltando-se para a entrada da sala.

— Se você pretende chamar os guardas — disse eu —, conte-lhes que o filho de lorde Furnival está aqui.

Ele parou e voltou-se para mim. Seu rosto escuro empalideceu.

— O que você disse?

— Eu sou Crispim — disse eu, obrigando-me a encará-lo. — O filho de lorde Furnival.

Percebi que, por cima de meu ombro, ele olhou para a imagem de lorde Furnival e comparou-me com ela.

— Você não se parece nada com ele — observou, voltando-se outra vez para a saída.

— Você sabe que o que estou dizendo é verdade — disse eu, na esperança de que ele não notasse o tremor em minha voz. — Sempre soube.

— Você sequer é humano — respondeu ele, depois de uma pausa.

— Tenho provas disso — insisti.

— Você não pode provar o que é mentira.

Apressadamente, puxei minha cruz de chumbo da bolsinha de couro.

— Está escrito aqui — disse eu, erguendo-a. — Ela foi de minha mãe. Recebi-a depois de sua morte. Ela escreveu as palavras na cruz.

— Palavras? Que *palavras*?

— "Crispim, filho de Furnival."

Por um instante ele permaneceu calado. Então, disse:

— Qualquer um pode escrever palavras.

— Qualquer um não – disse eu, cada vez com mais raiva.

— Foi minha mãe que as escreveu. E eu acredito nelas. Assim como outras pessoas também. E basta que as pessoas olhem para mim para ver quem eu sou. E, quando disser que sou neto de lorde Douglas...

— Dê-me essa cruz – gritou ele, estendendo a mão.

— Não – repliquei. – Ela é minha.

Furioso, ele avançou até mim e ergueu o punho como se fosse me bater.

Em reposta, ergui a mão e usei a cruz como escudo.

Ele hesitou.

— Sei o que aconteceu – eu disse. – Lorde Furnival levou minha mãe para Stromford. Deixou-a lá comigo, fazendo de você nosso guardião e garantindo-nos apenas o suficiente para sobrevivermos. Quando Ricardo du Brey foi a Stromford com a notícia de que meu pai havia voltado à Inglaterra e estava mortalmente doente, você foi encarregado de me matar. É *você* que tem medo de mim. Você teme que eu me torne seu senhor.

Ele não respondeu, mas seus olhos me diziam que eu estava certo.

— Foi você que matou o padre Quinel – prossegui. – Para impedir que ele me contasse quem eu era. Foi você que disse que eu era ladrão e me proclamou cabeça-de-lobo para que qualquer um pudesse me matar.

— Sua mãe não passava de uma serva – disse Aycliffe. – Era vulgar demais para se elevar tanto socialmente. Esqueceu seu lugar. Ele não lhe bastava. Existe uma ordem das coisas que o próprio Deus estabeleceu. Essa ordem nunca pode ser mudada. Como você ousa voltar-se contra ela?

— Estou aqui por outro motivo — disse eu, mal contendo minha fúria.

— Dinheiro? — ele perguntou.

— Seus soldados prenderam um amigo meu.

Ele nada disse.

— Chamam-no de Urso — prossegui. — Um homem grande, de barba ruiva.

— O que tem ele?

— Se você deixar que nós dois, ele e eu, abandonemos Great Wexly, nunca mais voltaremos. Você nunca mais vai tornar a me ver.

Depois de um momento, ele disse:

— Como posso ter certeza disso?

Ergui minha mão trêmula:

— Juro por esta cruz.

— Você esquece — disse ele — que é um cabeça-de-lobo? Tudo o que tenho a fazer é chamar os guardas. Qualquer um pode matá-lo. Você não é nada. — Ele virou-se e saiu da sala.

Minha reação foi puxar a adaga, saltar para a frente e lançar-me sobre suas costas.

Sua surpresa foi tanta que ele deu um grito, tropeçou, inclinou-se para a frente e caiu de cara no chão. Enquanto tentava se levantar para pegar a espada, tornei a saltar sobre ele e a derrubá-lo.

Apertei a ponta da adaga em sua nuca.

– Se chamar os guardas, eu o mato – gritei, empurrando seu rosto contra o chão.

Ofegante, ele nada respondeu.

Reunindo todas as minhas forças, empurrei a lâmina contra sua nuca. O sangue começou a escorrer.

– O que você deseja para mim está prestes a lhe acontecer.

– Você jura – sussurrou ele, desesperado – por essa cruz e em nome de Deus, que se eu deixar que você e esse homem partam, nunca mais vai voltar ou reclamar as propriedades dos Furnival?

– De bom grado.

– E vai me dar essa cruz?

– Depois que tivermos atravessado os portões da cidade. – Mesmo enquanto falava, eu procurava manter minha mão firme para que ele não deixasse de sentir a pressão da ponta da adaga. – Mas você – acrescentei – deve jurar primeiro.

– Eu... jurarei – disse ele, como se estivesse proferindo algo doloroso.

Soltei-o.

Ele se levantou, pôs a mão na nuca e olhou para o sangue que lhe manchava os dedos.

– Jure – disse eu erguendo a cruz de chumbo, mas conservando a adaga em riste.

Ele hesitou, mas acabou dizendo:

– Pelo sagrado nome de Jesus, eu, John Aycliffe, juro que permitirei que você, o filho de Asta, e o homem chamado Urso saiam desta cidade desde que você jure que nunca mais voltará, que nunca afirmará que lorde Furnival é seu pai e que deixará a cruz comigo.

Então, eu disse:

— Em nome do Pai, do Filho e do Espírito Santo, eu, Crispim, juro que, se você soltar o Urso, eu e ele deixaremos Great Wexly para nunca mais voltarmos. Tampouco vou afirmar que lorde Furnival era meu pai. Além disso, quando estivermos fora da cidade, eu lhe darei a cruz.

— Agora — acrescentei — leve-me ao Urso.

Sua resposta foi fitar-me com os olhos cheios de ódio. Mas, então, recompôs-se e começou a caminhar, dizendo:

— Siga-me.

57.

Mal acreditando que havia convencido John Aycliffe a fazer o que eu queria, segurava a adaga com uma das mãos enquanto apertava a cruz de chumbo com a outra. Por meio de uma ou de outra, eu estava determinado a ser bem-sucedido em meu intento.

Detendo-se rapidamente para apanhar uma vela em um dos candelabros da parede, o administrador começou a descer a escada que eu tinha visto em um dos lados da grande sala. Para meu grande alívio, ele deixou a espada no chão, no local onde jazia.

Os degraus eram muito largos e desciam em espiral para o andar inferior. Ao chegarmos ao pé da escada, demos em uma sala fechada com muitas prateleiras e duas mesas grandes. À luz fraca do local, achei que estava em uma espécie de dispensa. Ali havia pilhas de pães chatos, canecos, tigelas e jarras em abundância.

Aycliffe continuou a andar, entrando em um corredor. Nesse local, as paredes estavam recobertas de grandes tapeçarias. Ali, pela primeira vez, avistamos outras pessoas. Não sei dizer quem eram e que tipo de serviço executavam. Estavam todas dormindo espalhadas pelo chão.

Eu nunca tinha visto uma moradia tão grande e magnífica, mas não tirava os olhos de Aycliffe enquanto passávamos pelo que parecia ser outra dispensa. Nesse lugar, estavam armazenadas grandes quantidades de alimento, muito mais do que eu tinha visto no Homem Verde. Também encontramos mais servos, mas, como os outros, estavam todos dormindo, desta vez num dos cantos do aposento.

O administrador dirigiu-se a outra escada, esta de pedra. Os degraus mergulhavam íngremes. O frio foi se intensificando. Quanto mais descíamos, mais aumentava o frio e a umidade.

Tochas fumarentas e crepitantes haviam sido colocadas em orifícios na parede a breves intervalos. Alguns homens estavam sentados nos degraus, enquanto outros dormiam escarrapachados. Fossem quem fossem, assim que o administrador apareceu, puseram-se de pé num pulo e cumprimentaram-no.

Só quando alcançamos o pé da escada Aycliffe parou. Tínhamos chegado a uma área grande, quase redonda, e construída em pedra desde o chão até o teto baixo e abobadado.

Um homem aproximou-se rapidamente, e eu o reconheci como um dos que haviam me atacado na noite anterior. Seu rosto revelou surpresa quando me viu, mas, mesmo assim, inclinou-se diante de Aycliffe.

– Senhor... – começou a dizer.

Aycliffe o interrompeu:

– Leve-me até o homem de barba ruiva.

O soldado pegou uma tocha fumarenta e seguiu à nossa frente.

Começamos a percorrer uma passagem estreita após a outra no subterrâneo. Em toda parte o teto estava coberto de fuligem. O ar era abafado e malcheiroso. Poças de água parada espalhavam-se pelo chão. As paredes estavam cobertas de limo.

– Ele está aqui, senhor – disse o soldado. Tínhamos chegado a uma pequena porta incrustada na parede.

– Destranque-a – ordenou Aycliffe.

O homem pegou um molho de chaves, escolheu uma grande e enfiou-a na fechadura para abrir a porta.

– Pode entrar – disse-me ele.

Hesitei, achando que se tratava de uma armadilha.

Aycliffe pareceu ler meus pensamentos:

– Eu fiz um juramento – disse ele, como se estivesse me repreendendo. – Você não será preso.

Tentei pegar a tocha da mão do homem. Antes de entregá-la, ele olhou para o administrador. Depois que Aycliffe deu sua autorização com a cabeça, permitiu-me pegar o lume.

Embora eu fosse baixo, tive de me abaixar para entrar na cela. Ela era pequena, escura e fedorenta. À luz da tocha, vi o Urso. Seu corpo enorme estava estirado horizontalmente numa estrutura que parecia uma escada, os braços estendidos bem acima da cabeça, os pés descalços amarrados com firmeza. Quase nu, seu corpo estava manchado de sangue e lanhado como se tivesse sido chicoteado. A cabeça estava inclinada sobre o peito, com a barba espalhada como um guardanapo aberto.

– Urso? – chamei.

Ele não respondeu.

– Urso? – tornei a chamar, desta vez mais alto.

Como ele não me desse resposta, só consegui perguntar:

– Urso, você está vivo?

Sem ainda obter uma resposta, aproximei-me dele segurando a tocha. Só então pude ver seu peito subindo e descendo levemente.

Prendendo a tocha numa fresta do chão de pedra, usei a adaga para cortar as cordas que o prendiam, começando pelos pés. Escalando o que parecia ser uma escada, soltei-lhe as mãos, primeiro uma, depois a outra. Livre, ele deslizou e se amontoou no chão.

De joelhos a seu lado, tomei-lhe uma das mãos. Ela estava cortada e muito áspera.

– Urso, sou eu. Crispim. *Crispim* – repeti mais alto.

Lentamente, o Urso ergueu a cabeça. Seu rosto estava tão machucado que ele demorou alguns instantes para abrir os olhos. Ou só um deles, pois o outro estava tão inchado que lhe era impossível abri-lo. A princípio, limitou-se a me olhar, sem entender nada e piscando repetidamente.

– Crispim? – seus lábios rachados conseguiram dizer num sussurro rouco.

– Estou aqui, Urso – disse eu.

Ele continuou a me olhar como se não tivesse certeza de quem eu era. Então, disse:

– Crispim... amo você como a um filho. Eu... eu traí você?

– Não, Urso, não traiu. E agora você vai ser libertado.

Como ele parecesse não me entender, tomei-lhe a mão e puxei-a delicadamente.

– Você consegue se levantar, Urso? Consegue andar? Vamos sair de Great Wexly. O administrador fez um juramento sagrado prometendo que nos deixaria partir.

Ele soltou um suspiro cansado.

– Urso, você precisa vir comigo – implorei numa súplica, tornando a puxá-lo pela mão.

– Eles prenderam você também? – sussurrou ele entre seus lábios partidos.

– Eu não fui preso, Urso. Nós dois vamos embora. Vamos ser livres. Mas você precisa vir comigo. Agora. Você *precisa* se mexer.

Por fim, ele pareceu entender. Soltando um grande suspiro, reuniu forças para se ajoelhar apoiando as mãos no chão. Então começou a se arrastar atrás de mim em direção à porta.

Fui o primeiro a sair da pequena cela. O Urso deixou-a atrás de mim. Mal conseguiu se espremer para passar pela porta estreita.

Assim que saímos, formou-se um círculo de soldados que nos olhavam num silêncio hostil. Percebi que Aycliffe havia conseguido uma espada. Ela estava em sua mão.

Levantei-me. Mas, vendo que o Urso continuava de quatro, ajoelhei-me diante dele.

– Você consegue ficar de pé? – perguntei, estendendo-lhe a mão. Ele estendeu a dele e segurou a minha.

– Ele precisa de ajuda – disse eu. – Tragam-lhe água.

Ninguém se mexeu.

– Ajudem-no! – ordenei.

Todos os olhares voltaram-se para Aycliffe. Ele fez um pequeno aceno com a cabeça. Três homens adiantaram-se em direção ao Urso. Mas, quando o tocaram, ele recuou como um animal ferido, e com uma súbita energia repeliu suas mãos.

– Crispim – chamou.

Coloquei-me diante dele. Ele olhou para mim, aparentemente para se certificar de que era eu mesmo, e, então, ergueu um de seus longos braços, colocando-o sobre meu ombro. Num supremo esforço de vontade, começou a levantar-se, apoiando boa parte de seu peso em mim. Quando finalmente conseguiu ficar de pé, vi que ele havia sido espancado cruelmente. Contudo, ainda era suficientemente grande para que alguns dos presentes recuassem espantados.

Deram-me um jarro de água, que passei para o Urso. Ele o segurou com as duas mãos e bebeu com avidez, deixando que a água escorresse pelo rosto e pelo corpo. Em seguida, jogou o jarro no chão, espatifando-o. A água fez-lhe bem, embora ainda ofegasse. Ergueu-se um pouco mais e conseguiu abrir o outro olho, ainda que parcialmente.

– Ele precisa de roupas – eu disse.

Mais uma vez todos os olhos se voltaram para Aycliffe, que deu seu consentimento com um aceno de cabeça.

Um dos homens adiantou-se e ofereceu-me uma capa. Coloquei sobre os ombros do Urso.

— Ponha a mão em meu ombro — eu lhe disse. — Vamos embora.

Em pé ao meu lado, o Urso fez o que eu lhe pedi. Mas, diante de mim, em um semicírculo, postavam-se o administrador e cerca de dez homens. Todos armados.

Dei um passo à frente. Ninguém se mexeu.

Com o coração disparado, ergui a mão que segurava a cruz de chumbo.

— Devo ler o que está escrito aqui? — disse eu, olhando diretamente para Aycliffe.

A mão do Urso apertou levemente o meu ombro.

— Devo? — repeti.

Por um momento não houve resposta. Então o administrador disse:

— Você deve entregá-la a mim.

— Você jurou nos deixar partir primeiro — disse eu.

— Depois que a entregar a mim, vocês estarão livres — disse ele.

Balancei a cabeça negando.

— Só depois que estivermos fora das muralhas. Este homem jurou que nos deixaria partir — disse eu em voz alta. — Ele jurou por esta cruz.

Como todos olhassem para ele, Aycliffe pareceu não saber o que fazer.

Então, eu disse:

— Devo dizer a eles quem sou?

O administrador não respondeu. Em meio ao silêncio, só ouvia meu coração bater. Então, Aycliffe disse:

— Vou levá-los até os portões da cidade.

Os homens recuaram para os lados, abrindo uma passagem estreita.

Aycliffe pôs-se à minha frente. Eu o segui. Ainda com a mão em meu ombro, o Urso arrastava os pés atrás de mim. Voltei-me para olhá-lo, mas não consegui entender o que ele estava sentindo.

Caminhando lentamente, atravessamos os subterrâneos até chegar à escada. Lá me ofereci como muleta ao Urso, oferta que ele aceitou, embora eu sentisse que estava recuperando parte de sua antiga força. Mesmo assim, a subida foi lenta e dolorosa. Quando chegamos ao térreo, pude ouvir, ainda que de maneira indistinta, os sinos da catedral. Fiquei imaginando se estavam emitindo um convite às armas ou à oração.

Mais soldados guardavam a porta da frente. Como nenhum deles se movesse, todos nós paramos.

— Dê-me a cruz — pediu Aycliffe.

— Você jurou. Só depois de transpormos em segurança os portões da cidade.

— Abram as portas — disse ele com raiva.

Como eu tanto desejara, o dia já estava clareando.

Quando saímos do palácio, os sinos da catedral continuavam tocando. Sobre a praça, uma revoada de pássaros pretos agitados girava no ar. Diante de nós, os comerciantes estavam arrumando suas mercadorias nas bancas e nas mesas. Os mais próximos de nós interromperam o trabalho para nos olhar.

O Urso e eu continuávamos a avançar. Aycliffe permanecia ao nosso lado, com uma escolta de uns sete soldados.

– Esperem – gritei. Corri para a lateral do palácio, apanhei a sacola do Urso e voltei para o lado dele.

– Leve-nos aos portões – disse a Aycliffe.

Embora com o olhar cheio de raiva, o administrador voltou-se e começou a andar pela rua pavimentada de pedras. Avançamos lentamente, com os soldados em torno de nós, enquanto eu me perguntava se eles realmente nos deixariam partir.

58. Enquanto avançávamos, os passantes paravam e olhavam para nós em silêncio. Outros nos seguiam.

– Eu tenho uma adaga – sussurrei ao Urso quando nos aproximamos dos portões da cidade.

– Passe-a para mim – disse ele, colocando-se mais perto de mim. Quando ficou bem perto, dei-lhe a adaga. Ele a pegou com sua mão enorme e escondeu-a nas dobras de sua capa.

Chegamos aos portões da cidade. Embora estivessem abertos, eram guardados por soldados.

Aycliffe parou e voltou-se para nós. Numa das mãos, segurava uma espada e, na outra, uma adaga.

– Deixe-nos passar – disse-lhe eu.

Como resposta, ele gritou para que todos pudessem ouvir:

– Vocês são dois traidores. E, por minha honra, não irão a lugar nenhum. Eu jurei que os deixaria partir. Mas este menino foi proclamado cabeça-de-lobo. Meu juramento não vale para mais ninguém. Qualquer pessoa pode matá-lo. Darei uma libra de recompensa para quem matar este maldito garoto aqui e agora.

Eu me encolhi, aproximando-me do Urso. Foi ele que gritou para Aycliffe:

— Covarde! Traidor!

— Não é você que eu quero — disse o administrador. — É o garoto. Ele já me aborreceu o suficiente. Entregue-o, e você pode ficar com a recompensa.

Como resposta, o Urso empurrou-me para atrás dele a fim de encarar o administrador. Sua capa havia caído. À luz do início da manhã, seu corpo enorme parecia mais sujo e mais ensangüentado do que eu imaginara. Marcas de chicotadas e queimaduras espalhavam-se por seu peito e por seus braços. Mas a adaga continuava em sua mão.

— Filho do demônio — gritou ele para Aycliffe. — Perjuro! Assassino!

Olhei ao redor. Os soldados, as espadas nas mãos, haviam formado um semicírculo atrás de nós.

O mesmo semicírculo formou-se à nossa frente. Aycliffe continuava imóvel, com os soldados bem atrás dele. Em silêncio, eles se movimentaram de modo que nós, o administrador, o Urso e eu, ficássemos completamente cercados. Alguns dos soldados sorriam, de tão ansiosos que estavam por assistir à nossa morte.

Por trás deles, as pessoas da cidade também se aglomeravam e espiavam.

O administrador avançou. Sua espada de lâmina larga estava estendida e movia-se de um lado para o outro. Ele mantinha a outra mão, a que segurava a adaga, bem afastada do corpo. Tentei não atrapalhar meu amigo.

Apenas com a adaga em riste, o Urso permanecia imóvel, fitando nosso inimigo.

Aycliffe deu uma estocada com a espada, que o Urso deteve com um súbito movimento da adaga. Ouviu-se um estrondo forte de metal chocando-se contra metal. Em torno de nós, ouvi um suspiro coletivo.

Como falhou em seu golpe, o administrador recuou. Então, os dois homens, ofegantes, encararam-se.

Aycliffe desferiu uma série de golpes, primeiro de um lado, depois do outro, que o Urso conseguiu evitar mas só porque estava recuando.

O administrador tornou a parar.

Então o Urso atacou, tentando colocar-se do lado em que o adversário segurava a adaga, enquanto procurava atingir-lhe o corpo. Agora era o administrador que agitava freneticamente a espada, obrigando o Urso a retroceder.

Mais uma vez os dois homens fizeram uma pausa, enquanto planejavam o ataque seguinte.

Foi o administrador que empreendeu os assaltos subseqüentes. O Urso conseguiu evitá-los, mas pude notar que estava ficando cansado. Agora não só se punha na defensiva, como também estava sendo aos poucos empurrado em direção aos soldados, que haviam erguido as espadas para formar uma parede de aguilhões mortais.

O Urso tentava avançar, mas Aycliffe pulava de um lado para o outro.

– Urso! – gritei. – Cuidado com os soldados atrás de você.

Não sei se ele me ouviu, mas tentou avançar contra o administrador. Fez muito pouco progresso. E então, como se reagissem a um sinal de Aycliffe, os soldados começaram a avançar, fechando cada vez mais o círculo de aguilhões.

Foi então que Aycliffe deu um grande bote. Ao fazê-lo, conseguiu arrancar a adaga da mão do Urso. A lâmina ricocheteou nas pedras. O Urso fez um movimento em direção a ela, mas foi impedido pelo administrador e suas lâminas. Então, Aycliffe começou a se aproximar do Urso.

Como todos os olhos estivessem fixos nos dois, corri e apanhei a adaga.

– Urso, eu peguei a adaga! – gritei.

Ao me ouvir, o administrador se virou. Vendo-me com a adaga, ergueu a espada bem acima da cabeça, preparando-se para me atingir. Nesse momento, o Urso saltou para a frente. Com seus braços enormes, agarrou Aycliffe, prendendo-lhe os braços. O administrador debateu-se tentando se libertar, mas o Urso o apertou cada vez mais, grunhindo como um animal, até que a espada e a adaga do administrador caíram no chão com um tinido.

Então o Urso pegou o administrador, ergueu-o acima da cabeça e lançou-o contra os soldados. Tudo aconteceu tão depressa que eles nem tiveram tempo de reagir.

Aycliffe foi empalado pelas espadas dos soldados, perfurado em diversos pontos.

Fiquei boquiaberto de horror. Os espectadores gritaram aterrorizados.

Surpresos e muito assustados, os soldados recuaram vários passos, enquanto Aycliffe rolava no chão de pedra, agitando-se, chutando e finalmente se imobilizando em meio ao sangue que dele jorrava.

Ninguém se mexeu.

Então, o Urso, com a respiração ofegante, apanhou a adaga e a espada do administrador e brandiu-as na direção dos soldados que se postavam diante dos portões da cidade.

– Abram caminho para nós – berrou – ou, por São Barnabé, vão ter o mesmo destino.

Os soldados e a multidão recuaram. O caminho até os portões estava livre.

– Crispim, corra! – gritou o Urso.

Corri até onde o administrador jazia. Tirei a cruz de chumbo de meu pescoço e coloquei-a sobre seu peito ensangüentado.

Com todos os olhares fixos em nós, o Urso e eu atravessamos os portões. Ninguém disse nada. Nem eu nem o Urso. Eu mal conseguia acreditar no que acontecera.

– Crispim – disse o Urso enquanto transpúnhamos os portões –, daquele lugar em que me prenderam, ouvi os cantos que vinham da catedral. Os padres estavam cantando *"Media vita in morte summus"*, que significa "Do meio da vida surge a morte". Mas, Crispim – prosseguiu –, você percebeu que hoje estabelecemos uma nova verdade? No meio da morte existe a vida!

Eu ri e abraçamo-nos. Então, enquanto caminhávamos pela estrada, peguei a sacola do Urso, tirei dela seu chapéu de dois bicos e, num pulo, coloquei-o em sua cabeça, embora todo torto. Ele tirou o chapéu e colocou-o na *minha* cabeça.

– Eu, Urso de York – grunhiu, suficientemente alto para que o mundo inteiro o ouvisse –, declaro este rapaz, Crispim de Stromford, membro pleno da guilda dos homens livres. Assim, ele fica livre de todas as obrigações, a não ser com seu Deus.

Peguei a flauta. Quando comecei a tocar, o Urso riu. Então, começou a cantar. Embora não fosse com sua tradicional voz berrada, não havia dúvida de que era sua voz:

> *A Dona Fortuna é amiga e inimiga.*
> *Torna os pobres ricos, e os ricos, pobres.*
> *Transforma a miséria em prosperidade,*
> *E a alegria, em tristeza.*
> *Então, que ninguém confie nessa dama,*
> *Que não pára de girar sua roda.*

Assim, eu tocando flauta e o Urso batendo o tambor, fomos em frente em nossa jornada.

E, graças ao bom Deus que está no céu, meu coração estava cheio de uma alegria que eu nunca sentira. Eu estava livre e vivo para descobrir um mundo que mal conhecia, mas que estava ávido por explorar. E mais: sabia que essa sensação provinha de minha alma recém-descoberta, uma alma que vivia em liberdade. E o meu nome – eu sabia disso com toda a força de meu coração – era Crispim.

IMPRESSÃO E ACABAMENTO:
YANGRAF Fone/Fax: 6198.1788